我与昆曲

张允和/著

庞旸/编

天津出版传媒集团

百花文艺出版社

图书在版编目（ＣＩＰ）数据

我与昆曲 / 张允和著；庞旸编. —— 天津：百花文艺出版社，2017.1
ISBN 978-7-5306-7188-7

Ⅰ. ①我… Ⅱ. ①张… ②庞… Ⅲ. ①散文集-中国-当代 Ⅳ. ①I267

中国版本图书馆 CIP 数据核字(2016)第 298372 号

选题策划：徐福伟

责任编辑：徐福伟　　　　　　　　　　**装帧设计**：苏艾设计

出版人：李勃洋

出版发行：百花文艺出版社

地址：天津市和平区西康路 35 号　　**邮编**：300051

电话传真：　+86-22-23332651（发行部）

　　　　　　　+86-22-23332656（总编室）

　　　　　　　+86-22-23332478（邮购部）

主页：http://www.baihuawenyi.com

印刷：天津长荣健豪云印刷科技有限公司

开本：787×1092 毫米　　1/32

字数：145 千字　　**图数**：15 幅

印张：9.5

版次：2017 年 1 月第 1 版

印次：2017 年 1 月第 1 次印刷

定价：39.00 元

目 录

辑　二

辑 三

附 录

序

楼宇烈[1]

日前,庞旸女士给我来信说,由她编选的张允和老师的《我与昆曲》一书即将由百花文艺出版社出版,希望我能为此书写一篇序。九年前(2002年)张老师的《昆曲日记》出版时,我曾写过一篇序,这次庞旸女士把张老师涉及昆曲的散文、讲话、书信集在一起出版,让关心昆曲、热爱昆曲的读者,能更全面地了解张老师对昆曲艺术的深厚感情和深刻见地,诚可谓功德无量。

张老师生于1909年,卒于2002年,可谓是20世纪的同龄人。她一生与昆曲结缘,学习昆曲、研究昆曲、积极参加曲社活动、组织领导曲社、广交专业昆曲演员和业余曲友,为继承发扬昆曲艺术不遗余力,见证了20世纪中国昆曲艺

---

[1] 楼宇烈,北京大学哲学系教授、博士生导师,北大哲学系东方哲学教研室主任,北大学术委员会委员,北京昆曲研习社第三任社长。——编者注

术的兴衰史。所以，当年我在《昆曲日记》的序中称，该书为"一份珍贵的当代昆曲史料"。如今，本书又把张老师所有有关昆曲的文字收入，其史料价值无疑就更为珍贵了。

20世纪60年代初，经吴则虞先生介绍，我加入俞平伯先生领导的"北京昆曲研习社"，由此而结识了张允和老师。那时，每周六晚研习社在和平门外陆剑霞老师家有拍曲、唱曲、排身段等活动，我每次去几乎都能见到张老师，她热情地接待每一位曲友，帮助拍曲老师指导我们这些初学者学曲，平易近人、和蔼可亲。平时假日，她也会邀请我们这些晚辈到她家中做客，谈谈昆曲、唱唱昆曲，讨论讨论曲社的事，拉拉家常，十分亲切温馨，她先后在景山后街的家和朝阳门南小街的家，都是我常去的地方。

1987年张老师把领导"北京昆曲研习社"的重担交给了我。由她推荐，经社员大会选举，我当了研习社"主委"，但由于我当时学校行政和教学工作比较忙，对曲界各方面的朋友也不是很熟悉，所以许多国内外曲社间、曲友间的联络、联谊活动还都是靠张老师来做的，研习社的许多重要活动也都是在她的建议和指导下进行的。我在《昆曲日记》序中就提道："当她听到昆曲在2001年5月18日被联合国列为世界'人类口述与非物质文化遗产代表作'之一的消息之后,虽然这时她的身体已很虚弱,但对这一继承发扬昆曲艺术新曙光的出现,仍欢欣鼓舞,兴奋不已。她一方面积极向曲社提建议,为曲社的工作出谋划策,同时亲自出马积极与海内外曲友联络,探讨弘扬昆曲艺术的问题。"张老师对继承发扬昆曲艺术的这种鞠躬尽瘁的精神,永远铭记在我心中,永远是我学习的楷模。

　　谨以此短文悼念张老师仙逝十一周年,兼充本书之序。

　　斯人已逝,斯文长存!

2013年9月9日

辑 一

亲爱的父亲

1938年深秋，那时我和有光在雾都重庆有一个温暖的小家。一天早上我正要到枣子岚垭去参加曲会，有光问我："今天还要去吗？"我说："是呀，有什么事吗？"他支吾着："我没什么事，你去吧。"往日我每次去，他总要说"早点回来"，今天话语有些吞吞吐吐，神色不对。我有些迟疑，但还是去了。心里不踏实，只唱了一支曲子就匆匆赶回了家。一切却是很平静的样子，照常的午休、下午茶。晚饭后，有光轻轻地走到我身边，拿给我看一封电报："父逝，告弟妹。"是大姐打来的。

我把电报放在枕头底下，整整哭了一夜。

人一落生，世上最亲最亲的两个人，顶顶疼爱我们的父亲、母亲都没有了。父亲在世时，即使相隔再远，也总幻想有一天能全家相聚，再重温童年幸福的生活。父亲去了，那无限美好的时光将永远只能留在梦里了。

1921年，父亲坐在母亲的棺木旁，久久凝视着母亲年轻美丽苍白的脸，凭人怎么劝也不让盖棺盖的情景，一遍遍在我眼前出现，如今他们又团圆了，母亲还是那么漂亮吗？我的永远不老的父亲、母亲……

我的曾祖父张树声清同治年间曾在苏州任江苏巡抚，后升任两广总督等职。曾祖父生有九个儿子，祖父张云端是长子，曾任过四川川东道台。祖父膝下无子，父亲是从五房抱过来的。父亲四个月时正好祖父要上任，就带上父亲和奶妈乘船同去。船日夜行驶在惊涛骇浪中，巨大的声响伤害了小婴儿的耳膜，父亲从此终生听力不好。

祖父死在任上，父亲回到安徽合肥张家老宅。

当时合肥有五大家族：周、李、刘、蒯、张，张家敬陪末座，也算得是望族。合肥西乡的田大多是张家的，东乡的田大多是李（即李鸿章）家的。刘家后来到上海办金融，很开明。张家和刘、李两家都有姻亲。

当地有民谣《十杯酒》，记得其中两句：一杯酒，酒又香，合肥出了李鸿章……三杯酒……合肥又出张树声……

家里有万顷良田，每年有十万担租，是典型的大地主家庭。父亲可能是因为很早就离开了老家接受了新思想，他完全冲出了旧式家庭的藩篱，一心钻进了书堆里。这个家庭带给他的最大便利和优越条件是他可以随心所欲地买书。他痛恨赌博，从不玩任何牌，不吸任何烟，一生滴酒不沾。

父亲十七岁结婚，妈妈比他大四岁。达理知书温良贤德的母亲不但担起了管理一个大家庭的重任，而且一直像大姐姐一样爱护、关心、帮助父亲。

辛亥革命后，1913年，父亲带全家搬到上海。那时我二十二个月大，叫名（虚岁）三岁。我们住的是一个石库门的大房子，七楼七底，还有亭子间，院子很大，可以摆十几桌酒席，月租金是二百两银子。如果不是发生了一个意外事件，也许我们还会在上海住下去。

1916年，祖母去世了，丧事办得场面很大，家里每天有十几桌客人，还请了和尚念经和放焰口。忙乱中，突然有一天发现大门口有一颗炸弹，全家人都吓坏了，出丧的日子比预定提前了几天，家里怕出问题，没让我们站在孝子孝孙的队伍里，孝棚里的许多东西也是假的。好在没出什么大问题。为了避免再有意外，1917年，全家搬到苏州。

在苏州，我们度过了一生中最幸福的日子，父亲对书籍的热爱和对知识的渴求也得到了最大限度的满足。当时能订到或买到的所有报纸他都要看,《申报》《新闻报》《苏州明报》《吴县日报》等,以及一些比较出名的小报,如《晶报》《金钢钻报》等。至于家里的藏书,在苏州是出了名的,据讲不是数一也是数二。家里专门有两间很大的房间,四壁都是高及天花板的书架,整整齐齐摆满了书。除了为数不少的善本和线装书外,父亲不薄古人也爱今人,现代和当代出版的书籍,各种名著和一般的文艺作品他都及时买进。尤其是"五四"以后一些最新鲜最富营养的作品,如鲁迅先生的作品和许多流派的新书名著他都一本不落。

大姐元和曾回忆说:"父亲最喜欢书,记得小时候在上海,父亲去四马路买书,从第一家书店买的书丢在第二家书店,从第二家买的书丢在第三家书店……这样一家家下去,最后让男仆再一家家把书捡回来,住的饭店的房间中到处堆满了书。"在苏州的闹市观前街上,有两家规模较大的书店,老板、伙计都与父亲很熟悉,父亲一去他们就陪着在书架前挑选。平时书店进了新书就整捆地送到家里来,父亲买书都是记账的,逢年过节由管家结账付钱。当时苏州的缙绅富户不少,但像父亲这样富在藏书、乐在读书的实在不多。

父亲的藏书我们可以自由翻看，他从不限制，书籍给我们的童年和青少年生活带来了巨大的快乐。但钟鸣鼎食、诗书传家的生活并没有使父亲满足，他想让更多的孩子，尤其是女孩子接触新思想，接受新生活，用知识和文化的力量，使她们摆脱旧的陈腐的道德观念的束缚，成为身心健康的对社会有用的人。父亲开始办了一个幼儿园，他的初衷是想完成一个幼儿园——小学——初中——高中——大学的系列规划，但因力所不及的种种原因，真正办成并坚持了十七年的只有乐益女中。为乐益，父亲倾注了全部的精力和财产。余心正先生在《启蒙先贤张冀牗》一文中曾经写道：

> 自古以来，教育成家，在质不在量，更不在规模之大小，学生程度之高低。张老先生仰慕"乐土吴中，开化早，文明隆"，辛亥革命后举家来苏，筑小小园林，从办幼儿园、小学开始，再办平林男中、乐益女中。接着两次办起高中部，皆因时局变迁，当局掣肘而匆匆下马。他原想学马相伯老人办一个"苏州复旦"的心愿，亦因世事茫茫，终成虚话。

然而，学校之尊严，维护不易。老先生捐出祖产巨资，让出宅园二十余亩，建校舍四十余间，应有的教学设备，无不具备。他有十个子女，如按三千大洋培养一个留学生计，有三万元亦能全部出国留学了，但他连这笔钱也省下来，用于学校。为的什么？为的坚决不拿别人一文钱，无论是当局的津贴、教会的赞助、好心人的募捐，一概谢绝；唯如此，方始做得我行我素，独立自主。可是，他又绝非一钱如命，迥异于一般私立学校之以"创收"为目的，每年拨出十分之一的名额，招收免费生，以便贫家女儿入学。比例之高，江浙一带罕见。老先生对莘莘学子如此厚爱，对诸亲好友却悭吝异常，凡有告贷，均以"闭门羹"却之。

父亲对我们四个女孩子尤其钟爱，他为我们起的名字不沾俗艳的花草气：元和、允和、兆和、充和。后来有人在文章中说，张家女孩子的名字都带两条腿，暗喻长大以后都要离开家。我想，父亲从小给了我们最大限度的自由发展个性、爱好的机会，让我们受到了尽可能好的、全面的教育，一定是希望我们不同于那个时代一般的被禁锢在家里的女子,希望我们能迈开健康有力的双腿,走向社会。

父亲在家里从不摆架子耍威风,甚至对用人也没有训斥过,只有一次门房杨三赌钱,父亲敲了他的"栗子"(用手指头敲脑门儿),因为父亲最最恨赌钱。我们四姐妹中,大姐元和文静端庄,是典型的大家闺秀;三妹兆和忠厚老实、聪明胆小,但有时也非常顽皮,因为是家里的第三个女孩子,没有人娇惯她,她也习惯了在做了错事后挨罚时老老实实的,不哭也不求饶,处罚决定都是母亲作出的,大多是罚坐板凳或关在房间里不让出来;四妹充和聪慧乖觉,规规矩矩,加上从小过继给了二祖母当孙女,很少和我们在一起,印象中她从不"惹是生非"。我是家里男女孩子加起来的头号顽皮大王,从小体弱多病,仗着父母的疼爱"无法无天",有时还欺负好脾气的父亲。父亲年纪轻轻就有些秃顶,没有几根头发却很欢喜篦头,一有空就靠在沙发上说"小二毛,来篦头"。我站在沙发后面很不情愿地篦,篦着篦着他就睡着了。我拿梳子在他脑袋上边戳边说:"烦死了,烦死了,老要篦头。"他只好睁开眼睛躲着梳子,"哎,哎,哎,做什么,做什么戳我。"我顺势扔了梳子,父亲并不真生气,自己把头发理好找话逗我开心:"小二毛,正在看什么书?"

父亲在这种时候常给我讲故事，他讲的故事不但有趣味还有文采，让人一辈子也忘不了。比如近八十年前讲的一则成都诗婢家的小故事：那个注"四书五经"的郑玄（郑康成），家里尽为诗婢、书婢。有一天一个丫头跪在院中，另一丫头看见问："胡为乎泥中（为什么滚一身泥巴）?"跪着的丫头答道："薄言往愬（也曾向他去倾诉），逢彼之怒（他反而向我大发怒）。"家中丫鬟玩笑时皆用《诗经》中语，可见郑玄通过细微言行所倡导的家风是什么了。这样的小故事还有几则，我给孙女庆庆讲过，可惜这一代人都太忙，不一定记得住也不一定感兴趣。重孙小安迪五岁正是可以听这样故事的年龄，可他在加拿大，不可能有人给他讲，每次回来的时间太短，玩还不够呢。

我是急性子，说话快，走路快，做什么事都快。我看书一目十行，父亲更快，一目十二行。我做过试验，和父亲同看书，我还有几行没看完他已经翻页了。父亲爱看书不但影响了我们，连家里的用人、保姆做的时间长了都染上了书卷气。他们从识字开始，到看书甚至评论故事情节和书中人物。我还能记起他们常说的有《再生缘》和《天雨花》。

父亲从小喜爱昆曲，年轻时就对曲谱版本进行研究。我十一岁左右，1921年前，昆曲传习所尚未成立，父亲就带我们到全浙会馆(苏州养由巷)看昆曲。全是曲友演戏。有教育局局长潘震霄的戏,其他的戏全不记得了。我父亲带去的曲谱好多好多,比我们的个子还高。他要我们看戏时对照看剧本。我们只顾看戏,怎么也对不上台词,看戏又看剧本我们认为是苦差事。父亲请了专门的老师在他的书房里教我们姐妹识谱拍曲,让我们看书看戏。我淘气得要命,只看戏不看书。大姐顶规矩,认认真真学,后来又参加曲社,拜名师,习身段,生旦两角都擅长,以至终身姻缘、爱好、事业都因昆曲而起。父亲的爱好多种多样,尤其对新出现的东西,从不放过。当时照相机是极新鲜的东西,我们家里有近二十台,小孩子可以随便玩,我们几姐妹都没有兴趣,五弟寰和喜欢摆弄,父亲和蔡元培先生的合影就是他照的。留声机家里有大大小小十几台,各种唱片不计其数,架子上放不下就放在地板上,有些受潮都翘起来了。百代公司出品的家庭小型电影放映机一问世,父亲就买了一台,这在当时是再"新潮"不过的事了。

我们在苏州的家里,父亲和大大各有一间书房,中间隔着一个芭蕉院。有时可以看到他们隔窗说话,那永不落叶的芭蕉像一条绿色的绸带连着父亲和大大的心,书房平时没有人去,我曾偷偷钻到母亲的书房看过,记得最清楚的是母亲的书桌上有一个铜镇尺，上面刻着七个字"愿作鸳鸯不羡仙"，这一定是父亲母亲的共同心愿。

　　距父亲去世整整六十年了，父亲的言谈举止在我心里依然那么鲜明、亲切、温暖。

1959 年，张允和演昆曲。

我与曲会

1956年4月，周有光调中国文字改革委员会工作，我随他又一次来到北京。从此落地生根，生命中的另一半留在了这个城市。这个城市的一点一滴变化，每一次的动荡和变革，都在我的生活中留有印记。

我要回上海

事情又巧又不巧，我的脑子又好又不好，安顿好行李，我到沙滩的浴池洗了个痛快澡，一身清爽地回到住处。猛抬头，看到了两块并排的大牌子："中国文字改革委员会"、"人民教育出版社"，我心中一阵慌乱，忙四下张望。"张先生，您怎么在这儿？"正是几年前历史编辑室的工友老韩奇怪地看着我。我顾不上回答，跑回房间，早就忘掉的委屈涌上心头,大哭着对周有光说:"我要走,我要回上海!"周有光已经明白了是怎么回事,他是慢性子,遇到什么事都能沉住气,慢慢地劝我,让我的情绪稳定下来,接受了这种现实。我又在沙滩住了下来,抬头低头都是熟人,认识我的人比认识周有光的人多。日子不好过,但照样过去了,这一住,整整二十五年。

恩师俞平伯

北京有朋友知道我喜欢昆曲,介绍我认识了俞平伯,他是我一生中最后一位老师,是我最尊重的恩师。1956年,在俞平伯的倡导下,成立了昆曲研习社,俞平伯任社长,大家看我是从上海来的,认为上海人一般都很会交际,就推举我为联络组组长。当年的《北京晚报》上曾有这样一则消息:

北京昆曲研习社,自七月间由俞平伯等人发起组织成立。举俞平伯、项远村、袁敏宣等十一人为社务委员,并成立传习、公演、研究等七组。俟后又经文化部与北京市政府大力扶助,社员由最初二十五人发展至七十人。现已由文化部领导进行研习工作。

曲会的大文章都是俞平伯先生亲自写,小文章,如说明书、通知、请柬、电报、回信等,俞先生总是说:"张二姐,你来。"我每次写好都请俞先生过目、修改才发出去。平日里我写的诗和散文也都请先生指教。俞先生说我的散文写得比诗好,他尤其喜欢我的散文《入场》,他说:"张允和的文章结尾悠悠不断的,很有味道。"

我的整个身心都沉浸在昆曲中,笔底自然流露出对生命、自然的热爱。1965年10月30日的《人民日报》又发表了我的一篇文章《昆曲——江南的枫叶》,开头的一段是:

北京是"天淡云闲"的秋天,到处开遍了菊花。典型的江南城市——苏州也正是"霜叶红于二月花"的时候了。从南方寄来的信里,附了一份昆曲观摩的节目单,使我不只是怀念我的第二故乡,更怀念着昆剧的群英会。昆剧,这个承继着优良传统的剧种,它像是严霜后的枫叶一样灿烂夺目。

晓平看了我的文章说:"你的文章很有天才,可以写下去！"这好像是父亲对儿子说的话，谁知道是儿子对母亲的夸奖，好笑！

在曲会里，大家都叫我"张二姐"，俞先生也随大家这样叫。20世纪50年代末，上面号召我们写现代戏、唱现代戏。我们就响应号召，挖空心思写，我写了一出《人民公社好》，还记得里面有一段是写公社的供销社的，有一句台词是"楼上有绸缎，楼下有葱蒜"。这出戏还演过一次。还有一出是由话剧《岗旗》改编的，俞先生和俞太太做了前半段曲，后半段要我做，我从没做过曲，就大翻曲谱，最后还是由名曲家吴梅的儿子吴南春完成的。

我一生有几次败笔，写样板戏可以算其一，现在想想也很有味道。

我和俞平伯、许宝驯夫妇的友情持续终生。我这里还有一首1974年写给莹环大姐的诗：

黄山归来寿莹环大姐①

黄山青翠不老松，不畏顽云和疾风，千年挺秀奇石中。

天女花开依莲峰，婀娜清丽傲天工，一香不与凡

————————
① 莹环是俞平伯的夫人许宝驯的号。——著者注

花同。

　　流水高山知音有。琴和瑟调两心融。

　　绝世风姿神秀骨，恬淡心闲气度洪。

　　耐圃①地窄可耐耕，姹紫嫣红碧翠笼。

　　无圃②心田田地阔，胸怀若谷意气雄。

　　赤脚③乡居融融乐，辛劳处处自从容。

　　白首商量丝与竹，清商一曲曲味浓。

　　老君堂④，君不老，十八年前犹忆阻归雷雨隆。

　　永安里⑤，里永安，八十年华酒晕荷花⑥交映红。

　　人得多情人不老，多情到老情更好。

　　愿年年岁岁此日，人双健，曲音宏，杯不空。

　　寿比黄山不老松。

---

① 她旧家南窗下有小圃，狭不能转身，名"耐圃"，即以"耐圃"作自己的别号。——著者注
② 无圃："文革"浩劫，"耐圃"无存。——著者注
③ 俞平伯老终年赤脚，下放农村亦然，我们叫他赤脚大仙。——著者注
④ "文革"前，俞平伯夫妇旧家住北京朝阳门内老君堂。——著者注
⑤ "文革"后，旧家破毁，迁居永安里。——著者注
⑥ 莹环姐阴历六月二十七日生，正值荷花盛开时，每饮酒，红晕上腮，与白发相映。——著者注

牡丹亭梦影双描画

我从小和大姐、四妹逢"场"必唱《游园惊梦》，到了曲会后，我教十一二岁的小孩子还是演这一出。把大姐（柳梦梅）、四妹（杜丽娘）的戏教完了，小丫头没有人演，我来！十一二岁的公子、小姐，却配上我这样一个快五十岁的"小丫头"，不丑吗？不丑，我挺开心的。

排《西厢记》的"寄柬"一折，又因为丑角要讲苏州话，北京票友不会讲苏州话，没有人能演，我说我来。就这样索性改行专门演了"丑"。1957年在北京南池子的政协俱乐部，我们第一次演了这出戏。（我演的琴童这时正藏在桌子下面。）

张生：红娘姐，请你帮我带封信。

红娘：你要把"红娘姐"三个字头尾去掉，只叫当中这个字。

张生：难道要叫你"娘"不成？

红娘：不是这么个叫法，要叫"我那嫡嫡亲亲的娘"，我才给你带了信去。

张生:(对桌下琴童)不要出来,不许出来!

——我那嫡嫡亲亲的娘——

我从桌下钻出来,钻到红娘和张生的中间,用地地道道的苏白来一句:

——还有唔笃个爷(ya)勒里来!(还有你的爸爸在这儿呢!)

这张照片已被苏州昆曲博物馆放大收藏。

演出《牡丹亭》一直是俞平伯和曲会同志们的最大心愿,但由于清朝以来的文化专制和其他因素的影响,留在舞台上的仅有《游园》《寻梦》等十几出了。我们选了华粹深整理编写的本子,由俞平伯亲自订正。从选剧本到演出整整经过了三年的时间,当时《牡丹亭》的改编剧本有三四个,我们选的是最完整的一个。

剧中小春香由十三岁的小孩子许宜春扮演,我演"石道姑"。石道姑的戏不多,可要打个"引子",虽说是"一曲二白三引子",但因为没有伴奏,引子很不好打,稍不留意就可能荒腔走板。"引子"要女低音,而我平时唱惯了女高音,

1957年,张允和演昆曲丑角。

只要有伴奏，笛子多高我多高。我天生有个不怕难的脾气，反反复复地练，总算成功了。曲会的《牡丹亭》常在王府井的文联大楼演出。1959年10月国庆十周年在长安大戏院演出两场。

我又要演戏又要当好联络组长，忙得很。周恩来总理很关心曲社，也很爱看昆曲。总理每次来，都没有前呼后拥的随从，静悄悄地当一名普通的观众。但我只要知道总理要来，一定把前几排和总理的座位四周都安排好熟识、可靠的人。

康生有时也来看我们的演出。

这是我当年的一页日记：

1957年11月3日

昨晚我和耀平(有光)、晓平、诗秀(儿媳)一同步行回家，还是十二分的兴奋。大家谈得很迟才睡。坐在耀平身后的南斯拉夫领事馆的洋人，跟耀平说"守岁"的两个角色是好演员。又说我说的是南方话。

昨晚小宜春戏完，到好婆(周有光母亲)身边去，好婆坐在第三排看我们的戏，位子在周总理的前面，周总理跟小宜春握手，谈了很多。总理问她："几岁了？""十三岁。"又问："小学几年级？""中学。"周总理奇怪地问："这样小就是中学了？""不，刚进中学。"又问："哪里人？""无锡，你呢？""我是淮安。""那做爷爷的是你的爸爸？""不是，是我真正的爷爷，七十多岁了！""那你爸爸呢？""是画家。"

1964年昆曲研习社宣布解散，十五年后恢复活动，我被选为社长。我时时刻刻告诫自己，要一点一滴地向老社长俞平伯先生学习，为自己毕生热爱的昆曲再尽一分力。

曲终人不散

1979年我七十岁生日的时候，周有光送了我一套《汤显祖全集》。他真是懂我的心思，这一年《牡丹亭》近三百八十岁了，我从不大识字时就"读"起，至今对《牡丹亭》百读不厌。

改革开放以后，人们的文化生活越来越丰富，本来就家喻户晓的"莎士比亚"又从国外回来了。这当然是好事，可我的脑筋又开始乱转：我们的汤老(显祖)比莎翁还要大十四岁，长幼有序，不能忘了中国戏剧的老祖宗。我的脑筋乱转一番之后就一定会有行动,动手给我的朋友、大百科的姜椿芳写信,提议纪念汤显祖,演出他的名剧《牡丹亭》。姜椿芳把信转给了文化部,文化部很快有了批示,1985年,纪念汤显祖诞辰四百三十五周年的大型昆曲演出在北京举行。全国各地和国外的许多曲友都赶来参加,最让我高兴的是远在美国的大姐和四妹都回来了。

大姐又演柳梦梅,四妹再演杜丽娘,我虽没有上场,可比粉墨登台心里还痛快,还过瘾。俞平伯说这张照片是"最蕴藉的一张",除了大姐、四妹的表情身段外,可能还有更多的含义。这时的大姐快八十岁了。

我的昆曲生涯,准确地说,是昆曲舞台生涯,也有个悠悠不断的结尾——

我演最后一场戏时,我的第三代,晓平的独生女——小庆庆出生不到一个月,当她能够这样"手托香腮想未来"的时候,一定在想:

杜丽娘复活了,未来是美好的。

悼笛师李荣圻

当全国争谈昆剧《十五贯》的时候，《十五贯》的乐曲处理者之一李荣圻同志，在6月28日因肺炎不治在苏州去世了。

记得是北京5月的一个清晨，我在天桥剧场门口碰到了久别的李荣圻同志。一见面，我觉得很奇怪：他虽然有着不修边幅的老艺人的风度，但何至于在那样晴和的5月天气里，还穿着一身很臃肿的棉衣裤。我和他握手问好的时候，感觉他的手是冰凉的。我不禁问："您怎么啦，身体不好？"他满不在意地笑笑说："算是病了吧，咳得厉害，团里让我休息。《十五贯》上演，我都没有吹笛子。"说完就匆匆地走了，大概是赶什么任务去。当时我想，老先生准是太高兴了。多喝了酒，不免得了伤风咳嗽的小毛病。没想到不到两个月，噩耗传来，从此再也听不到他的笛声了。

昆剧《十五贯》的改编,音乐方面主要得力于李荣圻同志创造性的处理。例如,况钟勘察尤葫芦家那一幕,唱白不多,音乐却把严肃、惨淡而又沉闷的气氛表达了出来。《判斩》一幕是全剧的转折点,戏演到这儿,始则悲愤紧张,使观众为受冤者捏着一把汗;继而况钟决心营救这两个无辜者,以果敢沉着的精神,战胜了一切困难,又使人深深透出了一口气。这两种不同的气氛,都在音乐里恰如其分地表现了出来。

　　在江南,凡是爱好昆曲的朋友,没有一个不知道李荣圻的笛子的。他吹笛子吹了四十年,已经到了炉火纯青、出神入化的境界。一支简单的笛子,到他口边一吹,不同的情绪,不同的气氛,一一表现了出来。吹到《游园惊梦》就是缠绵婉娜;吹到《惊变埋玉》就是哀怨凄恻;吹到《夜奔》《山门》就是激昂慷慨。有一次,听到他吹《长生殿·闻铃》一段,唱词第一句"淅淅沥沥"的雨声、风声夹着铃声,一时满座寂然。

　　昆剧以笛子为主要乐器。笛师差不多从开锣吹到散场,很少有休息的时间。去年昆苏剧团在上海演出的时候,我在幕间休息的当儿去看他。他仍然坐在奏乐的位子上,正在为一位青年演员拍曲子。据我所知,昆苏剧团青年演员的曲子,大半是他教授的。

　　和昆苏剧团的其他同志一样,笛师李荣圻在旧社会里很贫困,过着穷愁潦倒的生活。他曾经慨叹地说:"过去服侍大人先生们唱曲子,要你吹的时候赏你一个座位。不吹的时候就'撤座',真过的是抬不起头来的日子。"

　　现在昆苏剧团已经走尽了"崎岖小路",开始踏上"康庄大道"了。而李荣圻却永远离开了他的同道和观众们,这叫人怎能不深深怀念和哀悼这位杰出的老艺人呢!

1956年8月

昆曲

——江南的枫叶

北京是"天淡云闲"的秋天，到处开遍了菊花。典型的江南城市——苏州也正是"霜叶红于二月花"的时候了。从南方寄来的信里，附了一份昆曲观摩的节目单。使我不只是怀念我的第二故乡，更怀念着昆剧的群英会。昆剧，这个承继着优良传统的剧种，像严霜后的枫叶一样灿烂夺目。

观摩的剧目，大约有三十多出，这次演出集合了多方面的演员和曲友。传字辈和昆曲演员训练班的年轻学员们，以及一些业余爱好昆曲的曲友们都参加了演出。

老艺人们，像周传瑛、朱传茗、张传芳、华传浩等人的演唱艺术是有口皆碑，人人都知道的，而且一时也谈不尽。我现在仅仅就我所知道的一二曲友的情况谈一谈。曲友们曾有一句话，叫作"俞家唱，徐家做"。俞家是已经去世的俞粟庐先生和这次参加演出的俞振飞先生父子，徐家是徐凌云、徐子权父子。他们都参加了这次演出。

俞粟庐先生讲究声调、音韵、吐字、行腔。他晚年得子，当振飞先生在摇篮中啼哭的时候，老先生一面手里拍着孩子，一面口里哼着曲子。"趁江乡落霞孤鹜"是经常作为催眠曲的。这是汤显祖写的《邯郸梦·三醉》中红绣鞋曲牌中的第一句。振飞先生从小得到父亲的熏陶，又有一副得天独厚的好嗓子，后来自己又下了很大的苦功。去年上海两次演出时，我在后台见到他，他还是手不释卷，时常在揣摩剧情和研究唱腔。他原来是曲友，到三十岁左右成为正式演员，单靠环境和天才是不够的，必须加上不懈的努力，他有今天的成功不是偶然的。

徐凌云老先生今年已经七十多岁了，是这次观摩演出中值得注意的人。他一共演了六出戏，扮了六个不同的角色，几乎把生、旦、净、丑都演到了。如《连环记·小宴》里的王允是老生；《连环记》里吕布是"雉尾生"；《绣襦记》里"卖兴当巾"的郑元和是"鞋皮生"(不穿靴子而穿鞋子的小生，又叫穷生)；《风筝误·惊旦》的丑小姐，这角色是丑，又是旦角；到《水浒记》里，"借茶"的张文远又是副净了。我还记得他的第七种角色呢！二十年前他在"卖兴"当中演的是书童来兴，虽然那时他是五十多岁的人，而且没有了牙齿。郑元和穷得无法要卖来兴的时候，来兴急得就地打滚耍赖不肯走，那种小孩子撒泼的情景，到今天还在我的眼前。这次的戏我虽然没有看到，可是想来徐老先生老当益壮，艺术无止境，他的演技可能更进了一步。

徐老先生说，想不到他已经七十多岁，还穿了十七岁时的靴子上台演戏。从这句话里可以看出，他能参加这次演出是十分高兴的。这双靴子保存了五十多年，又足见他对昆曲的爱好和忠于艺术的精神。

昆剧又要在上海举行更盛大的会演了。有各方面更多的艺术家和曲友们参加，听说有八十多个剧目。我相信不久的将来，昆曲像江南枫叶般绚丽多彩的景色，一定会展现在北京和其他各地更多人的面前。

1956年10月

江湖上的奇妙船队

——忆昆曲"全福班"

夜行船序

1908年，光绪皇帝和慈禧太后在同一年中先后死去。为了国丧，全国的大城市停止了各种戏剧和其他文娱活动。苏州城里，"文全福班"（又叫"坐城班"）也无法演出昆曲。这样一来，整个戏班断了生活来源，不得已和"鸿福班"（又叫"江湖班"）合作，大家走江湖去。虽然生活是艰苦的，但是演员的阵容扩大了，文戏和武戏的剧目更为丰富多彩了。

全福班在一个码头演完了戏，连夜上船开往另一个码头。船是他们的流动旅馆和饭店，船也是那些笨重的道具和服装的运输工具。

初步统计,他们到过六十六个码头,这些码头是在江苏、浙江的太湖平原上,也就是长江三角洲。这些地方,土地肥沃,丘陵起伏;湖泊星罗棋布,河流纵横交错,是景色秀丽的江南鱼米之乡。

全福班走的两条水路,都是以"东方的威尼斯"苏州为起点:一条是到太湖东面的苏松太(苏州—松江—太仓)线,以苏州河为主要航路;另一条是到太湖南面的杭嘉湖(杭州—嘉兴、嘉善—湖州)线,以大运河为主要航路。前者属于江苏省,后者属于浙江省。

昆曲走这两条水路,由来已久,并不是由全福班开始的,四百年前就这样走了。据王伯良的《曲律》说:"昆曲派以太仓魏良辅为祖,今自苏州而太仓、松江以及杭嘉湖,声各小变,腔调略同。"所谓昆山腔就是由太仓起家,经昆山这条水路到苏州落户的。再由苏州回到太仓、昆山,可以说是回娘家。后来又发展第二条水路到浙江杭嘉湖一带。

这两条水路几乎绕了太湖大半个圈子,像戏剧上大花脸展开的大折扇:一、东北到近长江的吴市。二、东到近上海的泗泾。三、东南到浙江的海盐。四、南到世界闻名的西子湖边的杭州。五、西南到上柏(浙江)。六、西到以丝绸出名的湖州和长兴。七、北到"石塘湾"(江苏)。

全福班走码头有两句口诀：一是"菜花黄、唱戏像霸王"；二是"七死八活、金九银十"。

什么叫"菜花黄、唱戏像霸王"呢？前一年的除夕，吃过年夜饭，就上船出发。第二天——也就是新年的大年初一，在最近的第一个码头演出，为农村的新春敲起了欢乐的锣鼓。从新年一直唱到田地里盛开了油菜花。他们说，菜花黄的时候，小麦还没有收割，又没有到插秧的时候，唱到这时候是高潮，越唱越来劲，大有楚霸王的雄伟气概。

什么叫"七死八活、金九银十"呢？下半年7月里，农事正忙得不可开交，下乡唱戏是"死"路一条。8月里过了中秋，桂子飘香，江南农事已毕，下乡唱戏就有了"活"路了。9月、10月庆祝丰收，酬神谢佛，这时候唱戏准能赚钱，"金九"月，"银十"月，是生意兴隆的两个月。

11月他们回到苏州城里演出。不管在什么地方演戏，最后一定要在苏州镇抚司前的老郎庙，赶上11月11日的老郎生日演几台戏。腊月底照例唱过"反串戏"就封箱了。

秋去春来，岁月如流。全福班的艺人们，一年中总要度过浪漫而又辛酸、欢腾而又流离的大半年的水上生涯。

他们白天在舞台上，扮演着帝王将相的忠奸贤愚、才子佳人的悲欢离合的故事；晚上则蜷伏在船舱里，在筋疲力尽、颠簸动荡中睡着。他们没有心情欣赏江南水乡的春光和秋色,他们想的是如何度过现实的艰难岁月。

当他们"梦回莺啭"的时候,已经是"杨柳岸,晓风残月"了。他们如花似锦的青春,就这样在"似水流年"中溜过去。

一江风

全福班有自己独特的船队。它们由苏州阊门解缆。"阊门"表示"昌"盛的意思。清末,阊门是商业繁荣的地方。这种船苏州人叫它"乌舢船"(我想就是鲁迅说的"乌篷船"),都是绍兴帮的,两头尖,吃水浅,赶路快,一天或一夜可以航行一百里。

每到一个码头,就有人群聚集在桥头岸边欢呼:"全福班来了,唱一台戏吧!"即使没有预定在这小码头唱戏,只要不耽误前面大码头的日程,他们总是高兴地停下来,满足乡镇人群的愿望。遇到了大风雨,就停留在任何一个码头上。船队总是趁着"一江风",顺利地航行,以便一个码头接着一个码头唱戏。

这个船队至少有三只船,外表和内舱都不相同。演员阵容较强的时候，也会有四五只船。第一只船装载衣箱和道具，主要一个箱子叫"青龙箱"。第二只船是艺人们住的，主要的一个铺位叫"天王铺"。第三只船是伙食船。

青龙箱

上面不是说"乌舢船"船头船尾都是尖的吗？可是这只先行船，船头不尖，方头大脑，吃水很深。船头上横放着一个高二尺半、宽二尺、长七尺五寸的长方形朱红漆的箱子。箱子正面从右到左，有三个粗大的黑字"全福班"。人们老远就能见到船头上这个朱红耀眼的箱子。

这个箱子叫"青龙箱"，俗名"靶子箱"，里面放的是演戏用的刀、枪、剑、戟等道具。其中有一把关公用的"青龙偃月刀"，这就是青龙箱的由来。

箱子放在船头，有两种作用：一是全福班招揽生意的招牌；二是告诉走江湖的人，这箱子里都是武器，你们可别来找麻烦！据说，早先确实有真武器藏在舱板下面。可是江湖上的人从来也没有侵犯过他们。大家都是吃江湖饭的，不但不找麻烦，反而互相帮助。以后，船上不再带真武器了。

普通的船，见到这只方头大脑的、载着大红箱子的船，都乐意让它先行。这只船不到码头，戏就开不了锣。没有它就像孙行者没有了金箍棒。所以这只船必须早五六小时开出，以便及时配合演出。

　　"青龙箱"是这只船上最大的箱子。舱里还有大衣箱、二衣箱、盔头箱、巾帽箱、旗包箱、靴箱、场面箱等。大衣箱放的是大件戏衣，如帝王将相的龙袍和官衣，有趣的是里面必须夹一件东补一块红、西补一块蓝的乞丐穿的衣服，美其名曰"富贵衣"。二衣箱是武将的甲胄、靠旗等。三衣箱是普通服装。盔头箱和巾帽箱，分别放武人的头盔和文人的头巾及帽子。旗包箱放的是旗帜伞盖和其他道具。靴箱是放各种靴子和鞋子的。最后一个场面箱，放各种伴奏乐器。

　　对待这些箱子有许多禁忌，尤其是青龙箱，艺人们不能脚踏，更不可坐在箱子上。唯一例外是演小丑的可以坐。他们认为戏剧的祖师爷"老郎"，就是唐明皇。他喜欢混在"梨园子弟"中串戏，而且喜欢演小丑。因此小丑在前台可以"插科打诨"，在后台不但可以坐戏箱，而且是第一个化装的人。要等他在鼻子上画了一块"白豆腐"，再勾上几笔黑——"黑白分明"，就是说唱戏的目的是分清是非，辨明忠奸,劝人为善的意思,然后其他角色才能抹彩上装。

各个箱子里的衣服道具,都有一定的放法。下一代"昆曲传习所"的"传"字辈第一次走江湖时,来不及做箱子,还是借用了全福班的青龙箱放在船头上。各地乡镇的老人见到它,像见到亲人一样,都奔走相告:"老全福班来了!"

这只船的顶篷和舱板可以拆卸,以便搬运箱子。顶篷上放一个长梯。梯子有许多作用,到岸上可以做搭草台之用。真是一只奇异多彩的船。

天王铺

第二只船,外表和乌舢船一样,但是舱里的铺位,却与众不同。没有前舱后舱,是一个大统舱。普通艺人睡在舱的两侧,是上下两层直长的通铺。上铺睡的是官生、老生、正生等,下铺睡的是付、丑、花旦等。当中有个较大的横着的单人铺,位置在船尾前面的正中间,离船梢只隔一层舱板,叫"天王铺",是班子里唱第一名大花脸睡的。

提起天王铺,就不能不谈到全福班的班主沈寿林。沈寿林和他的二儿子沈斌泉睡过这张铺,孙子沈传锟也睡过这张铺。祖孙三代都唱过大花脸。为什么大花脸睡这张铺呢？其中有个缘故。

沈寿林的祖上是浙江吴兴做锡工的（过去婚丧大事使用锡器，如烛台、茶瓶、杯盘和各种小摆设）。后来移居苏州，跟苏州的堂名、昆班挂上钩。沈寿林的祖父就能演昆曲。有人说，沈寿林小时候在他父亲的"金凤班"、"银凤班"当过小演员（我疑心"金凤"、"银凤"是"大章班"、"大雅班"的俗名）。

在太平军进入苏州时，沈寿林不过十三四岁，跟随太平军到了南京，做了天王洪秀全一名小亲随。天王升帐时，寿林就吹"将军令"助威。洪秀全很喜欢他，亲昵地叫他"小林"。

当1864年，洪秀全知道大势已去，便把小林叫到身边，给了他一些财物。对他说："小林，回去成家立业吧！你千万替我留一个根！"小林哭着点点头。他回到苏州时，还不到二十岁。家中只剩下一位寡嫂和侄男侄女。他为嫂嫂和侄儿购置了房子，自己参加了"小高天班"。

小高天班解散后，由原来班子里演"作旦"的聚林重新组织班子。聚林用他自己的名字，命名"聚福班"。沈寿林在聚福班里，是一位"十门俱全"的名演员。班主聚林去世后，班里的同伴推沈寿林做了班主。聚林和寿林，只差一字。有人认为改作"寿福班"好啦，但沈寿林却改为"全福班"。大家认为改得好：一是"全"字笔画少，写起来眉眼清楚；二是用"全"字，有福同享、有祸同当的意思；三是既通俗又吉利。但谁也不知道沈寿林还有更重要的想法。直到船上特别设立了"天王铺"，船里又有一句江湖话叫作"同船革命"（这句话不许在其他地方讲），这样大家才明白：沈寿林是有意识地纪念太平天国天王洪秀全呢！

至于第三只船，是伙食船，放的是柴米油盐，大师傅们起早摸黑替艺人们烧饭做菜。好在江南是鱼米之乡，只要走江湖挣得来钱，有饭大家吃。如码头上有人家生了孩子，怕不容易养大，就向船上"讨饭吃"。艺人们虽然饥一顿饱一顿的，他们从来不吝啬，总是分给孩子一碗饭一杯羹的。

村里迓鼓

全福班在乡镇唱戏，没有戏单，只写一个"水牌"，挂在庙门口或是茶馆的柱子上。戏多在白天演出，如果晚上演，就用"大青缸灯"，缸里注满了油，点的是大把的灯草。把这种灯吊在戏台上，作为照明之用。有一种人叫"排下"，预定乡村各场的剧目。"排下"等于现在剧场的经理。

六十六个码头中，以吴江(杭嘉湖线)和甪直(苏松太线)最盛行昆曲。吴江连傀儡戏都唱昆曲。有个叫"鸿兴"的木偶班子，能唱一百多折昆曲。每年4月底，全福班一定到甪直(甫里)唱几台戏。这里是唐代文学家陆龟蒙(别号甫里先生)的故乡。甪直从来只唱昆曲，不演别的戏。戏台搭在"甫里庙"后面的广场上。开场戏多是"同场"戏，就是在这折戏里，生旦净丑都要上场，如《上寿》《回营》(《浣纱记》)等。

生旦净丑

全福班走江湖，不是游山玩水，是卖艺玩命。全班角色齐全，这里简单谈一谈他们的阵容。

生行中早期第一名演员自然是沈寿林。据《菊部丛刊》中的《南部戏录》里说："……苏人以小生负盛名者沈某，佚其名(按，即沈寿林)，周剑泉、强玉泉、赤鼻阿张(应是阿掌，即尤凤泉)咸出其门下。……沈多才多艺，能演巾、官、纱帽、雉尾、黑衣，而无不精妙绝伦……沈子茂泉(海山)、玉泉(月泉)、昭泉(斌泉)、水泉(润福)……[寿林]《白兔记》中的咬脐郎，《铁冠图·别母乱箭》中的周遇吉。自沈死后，无人能演者。"他的二儿子沈月泉和孙子沈传芷继承了他的生行，三儿子沈斌泉和孙子沈传锟继承了他的净行。

全福班的老生后有李子美、李桂泉父子，老外有吴庆寿、吴义生父子。他们父子相传，功力深厚。后期的老生有施桂林、沈金钩，均有独到的表演。

旦行中最负盛名的是周凤林和丁兰荪。各种旦角的戏，周凤林无所不能。嗓子清亮，扮相又好。五旦戏的《题曲》(《疗妒羹》)和《游园惊梦》的幽娴贞静；六旦戏的《跳墙·着棋》(《西厢记》)的活泼传神；刺杀旦的"三刺"(《刺虎》《刺梁》《刺汤》)的跌扑，都是空前绝后的。有时周凤林也当配角。如《水斗》中的蚌壳精"跳蚌"，至如《安天会》的月孛星，简直是在耍杂技了。这出孙行者大闹天宫是最受农民欢迎的，全班人马一律登台。有人说，周凤林简直是昆曲中的梅兰芳。

另一位旦角是丁兰荪。据许姬传先生告诉我，梅兰芳的昆曲开蒙老师是"内廷供奉"乔惠兰，苏州人。后来经许伯遒先生的介绍，梅先生又邀请丁兰荪说戏，主要排的是《断桥》《乔醋》和《瑶台》。《乔醋》是一出很难演好的戏，以五旦当行，要有六旦的底子，才能演得恰到好处。梅先生说,乔惠兰和丁兰荪的精神和身段不相上下,可是丁兰荪有他独到之处,更能丝丝入扣地体贴剧情。许姬传先生小时候,在上海"雅叙园"茶馆里,看过丁兰荪所演《达旦》(《呆中福》)中的葛巧姐。新娘巧姐对替人代做新郎、忠厚老实人陈直十分有意,假新郎却对巧姐十分冷淡,演来极有情趣。陆寿卿演陈直,尤为生动传神,陆是名丑王传淞的老师。

全福班还有徐金虎的花旦,小长生的作旦,又有江湖班加入的刺杀旦双庆和小彩金,一时人才济济。

净行,沈斌泉外,早期有江湖班的祥林与后来有坐城班的茂松、金阿庆。茂松嗓子好,响亮而跌宕有味;阿庆响亮不及茂松,但白口老劲,咬字清楚,嗓音低而宽,适合白面口吻。徐凌云的《昆曲表演一得》曾提到全福班净行的表演艺术。

昆曲在中国戏剧中是首屈一指的,别具一格,有风趣而不庸俗。如《芦林》(《跃鲤记》)中的姜诗,把一个近视眼的书呆子演得穷酸有趣。又如《醉皂》,原来在《红梨记》中仅仅是皂隶的"过场"戏,后来却改为以皂隶为主角的单出戏。它描写一个吃醉了酒的皂隶(衙役),送请帖请赵汝舟"吃月赏酒"的事,文辞、身段极好,想来是"文人"和"艺人"

合作产生的剧目。全福班丑角人才出众。早期以小阿三的丑最为突出，后期有小金寿、小仁生等人。

全福班的艺人们积累了丰富的舞台经验，给后代戏剧留下了宝贵的表演艺术。

落花时节又逢君

上面谈到全福班的艺人，早已是录鬼簿中的人了，我都没有见到。但我有幸能见到全福班三位先生，他们是尤彩云、沈盘生和徐惠如。

尤彩云是后期全福班演旦的，后因目疾，不能演出。他是"昆曲传习所"的老师，也是我的昆曲开蒙老师。当我十二三岁的时候，有年大年初二，我父亲把大姐（元和）和我叫到书房里："小姑娘们，来学唱昆曲，爸爸替你们做花花衣服，上台唱戏，美不美？"因此我们丢下了新年里如"掷状元"之类的游戏，跳跳蹦蹦地被"关"在书房里。尤彩云教得很认真。他教《游园》的曲子和身段，"没揣菱花偷人半面"，杜丽娘和春香照镜的身段。他把着我们的小手，教了一遍又一遍，不知道花了他多少心血和工夫。

1955年春天，我和胡忌先生去访问尤彩云，那是一次

043

难忘的会见，我和这位开蒙老师已经三十多年没有见面了。他是传习所的老师中硕果仅存的一位。

他住在苏州一间简陋的小楼上，木板墙上挂了一支笛子。见我们去，高兴地拉着我的手说："正是江南好风景，落花时节又逢君。"转头对胡忌先生说："你们是来看李龟年了！"那时，尤老师有了严重的老年病，已经步履艰难，勉强站起来接待客人。我们扶他坐下。三十多年前教我们唱《游园》、诲人不倦的情景，又呈现在我的眼前。我们问候了他的健康。尤彩云老师告诉我们，他是如何艰苦地在全福班学戏和唱戏。他又说："昆曲身段不容易掌握。身段有上七段、中七段、下七段。有了这些身段的基本功还不够，还要有一个'神'字，才能演好戏。"我们怕他太兴奋，谈一会儿就告辞了。尤彩云就在这年8月1日去世了。我懊悔当时没有追问他，上、中、下七段是怎样的身段。后来问他的学生，"传"字辈先生也是茫然，也许是尤老师自己教身段的总结吧！

第二位是沈盘生先生。他是沈寿林的孙子（长子海山的次子），全福班最小的演员，在全福班长大的。班子解散的时候，他才十四岁。他的特长是雉尾生，他的《出猎回猎》可能得到祖父的指点。他的巾生在《玉簪》《红梨》和《西厢》

三记中都有很细致的表演。1956年俞平伯先生主持的"北京昆曲研习社",曾请沈盘生做我们的身段老师。我能勉强说几句苏白,在曲社里我曾自告奋勇演过《寄柬》(《西厢记》)和《守岁》(《金不换》)中的书童,身段就是沈盘生教的。《寄柬》中的一段:"盆儿盆,我说的是《西游记》,东土大唐僧,他往西天去取经。行者来开路,沙僧在后跟,八戒挑行李,白龙马上坐唐僧……"身段不简单,要学孙行者、沙和尚、猪八戒和唐僧的样子,又要"扯四门"。那时候我快五十岁了,老师也近七十岁了。老师教得一身大汗,我还是学得不够理想。

沈盘生也是生旦净丑无所不教。他教身段讲究"手眼身法步"。我想"手眼"属于"上七段","身"属于"中七段","步"属于"下七段",一个"法"字,也可能相当于尤彩云的"神"字吧?

沈老师晚年在北京这一段时期,最爱到北海公园度假日:渴时在双虹榭泡上一壶茶,饥时吃的是"仿膳"的弟子糕。高兴时倚着栏杆眺望湖上的游艇,困倦时找一块青石板美美地睡一觉。我们也经常在北海公园请沈老师教戏。这些情景,到今天仿佛如在眼前。

1957年6月16日的一次昆曲座谈会上,沈盘生说:"我不愿把身上的东西带进棺材里去,什么人要我教,我一定好好地教。我要对得起祖宗,对得起文化遗产。我平生只有一个希望,就是把昆曲传下去!"说着说着就哭了。

第三位是徐惠如先生。他在全福班叫徐金龙,是唱花旦徐金虎的哥哥。九岁学戏,原演小生,因扮相不好,改为音乐场面,有时也演丑角的戏,如《狗洞》《燕子笺》之类。他也在"北京昆曲研习社"教曲,为我拍过许多曲子。我记录下来他能吹的昆曲有四百零四折。这样看来,全福班演出的戏可能在四百到五百之间。其中较多的有:《琵琶记》十九折,《荆钗记》十四折,《长生殿》和《铁冠图》各十二折,《十五贯》十一折,《牡丹亭》十折,《幽闺记》八折。所谓"唱煞《琵琶记》,做煞《荆钗记》",是有事实根据的。

有一次我问徐惠如先生:"昆曲的唱词,像《琵琶记》那样文绉绉的,乡村不一定听得懂。是不是《荆钗记》靠做工,乡村里比较欢迎吧?"徐惠如大不以为然,他说:"不是这么回事,还是《琵琶记》最受乡村欢迎。我在全福班吹得最多的就是《琵琶记》,它连台一唱好几天,台上跟台下的人喜怒哀乐融成一片,那情景才叫动人呢!"他又说:"你别瞧乡村人不懂昆曲,他们才会挑毛病呢!演钱玉莲(《荆钗记》中的女主角)如果戴了一枚戒指,观众就起哄。他们说:

钱玉莲的聘礼只是一根'黄杨木头簪',哪里会有金的银的戒指呢?"

以上三位先生于1955年后的二十年间先后去世。最后的一位沈盘生是1975年在苏州去世的。我写此文,谨表我对他们三位的哀悼和怀念!

旱船

全福班不在江湖唱戏的时候,他们就坐原船回苏州。有家的回家,无家可归的就由班主安排他们的住处。

1977年春天,我在苏州,偶尔听说全福班的后辈——昆曲传习所的演员们,由江湖上回来,曾经住过一位顾先生(忘其名)家里的"旱船"。这不禁引起了我的好奇心。打听到地址,于是我做了一次访问。下面是我的日记摘录:

　　3月12日下午,在斜风细雨中,走过苏州有名的观前街,过了醋坊桥,不久就到了大儒巷迎晓里(原名仁孝里)。主人陪我进了东侧门,经过一条长长的夹弄,穿过大厅(主人告诉我,他小时候,大厅两旁有余瓜、钺斧、旗牌和灯笼),再走过西厢房,就到了所谓"旱船"的所在。

"旱船"，仿佛北京颐和园和苏州拙政园的石舫。但它不在水边，也不是石头做的。苏州过去大户人家，总喜欢搞点园林。掘池堆山做石舫太费钱，所以就用木头造一条"旱船"。它是长方形，像一条没有船头船尾的三间"大统舱"。前后"舱"两边都有窗子，中舱有前后门出进。三个"舱"都不间隔。没有什么上下铺，传字辈睡的是帆布做的折叠床。白天折叠起来，就可以在"旱船"里排戏。夏天还好受，冬天晚上冻得够呛。老实说，看上去"旱船"实在不像船，倒像所谓的"花厅"，或是北京故宫的过道厅。

现在，"旱船"已隔成三间，住了人家。我们还是由"中舱"的前门进、后门出。到了后面的一进屋子，有一间极小的东厢房。顾先生说："这间屋子那时住的是朱传茗和顾传玠，他们是昆曲传习所的主要演员。因为有点小名气，所长给他们一间小屋。"现在也住了人家，门锁着。我站在门边，似乎看到他们在舞台上的音容笑貌。顾先生又告诉我："你别瞧这舞台上情意相投的小两口子，在台下，在这屋子里，两个人却常常吵嘴打架。"这也难怪，那时他们还是两个小男孩。朱传茗、顾传玠也先后去世。

归途时,雨下得很大。

访问了"旱船"以后半个月,我还是念念不忘全福班。在4月4日,我由苏州坐船去杭州。在苏州南门上船,坐的也是"夜行船"。我此行不是游山玩水,而是去寻踪觅迹那全福班的航路。

上船后,人静了。我倚靠在船窗上,望着堤岸上的杨柳,一棵一棵地慢慢向后移去,是哪一棵树曾经系缆过全福班的船呢?我们的船穿过一座又一座的小桥,到了一个小小的码头,这里是不是全福班敲过新年锣鼓的村庄呢?天暗了,朦胧的月色透进了船窗。只听得船头前进的拍水声。渐渐水声也听不见了。江南夜晚的小河上,是多么宁静、安详。

似乎有许多人站立在桥头,我仿佛也在人群中。远远地、远远地来了那有大红箱子的船。红得很,红得好耀眼;大得很,方头大脑的。人群沸腾了,欢呼跳跃:"全福班来了!"大船很快驶到了我的身边,撞在桥上了!有人叫:"靠码头啦,吴江到啦!"我睁开眼,码头上的红灯照着我。我望着红灯,想的仍是全福班。

我是老虎

得意

中华人民共和国成立后，我在上海光华附中教高一的中国历史课，用的教科书是范文澜的《中国通史简编》。我自知肚子里没有多少货，教高中历史是不够资格的，于是拼命地买书、看书，给自己补课。沈从文晓得二姐底子不灵，也支持二姐学习，送了我不少书，现在我的书架上还摆着他当年送的《东洋读史地图》《东洋文化史大系》等书。

教了一年半书，我开始不满足，脑子欢喜乱转的毛病又犯了。当时上海每区有一个中等学校历史教学研究会，光华附中属北虹口区。在一次会议上，我就教科书中一些问题，如年代不全，许多内容与政治、文学相同，缺乏趣味性等提出了意见。参加会的老师都鼓励我说，提得很好，你写出来吧。我这个人最大的毛病就是喜欢听人家夸我，一高兴，写了两万多字，寄给上海《人民教育》杂志。他们没有登，又把稿子转寄给了人民教育出版社。我不知道这些，也很快把这件事忘了。我绕世界转了一周，却还从没有到过北京。1951年春节，我带儿子到北京玩儿，就住在沙滩中老胡同兆和、从文的家里。一天，从文拿着1951年2月28日的《人民日报》问我："二洁(姐)，弟格(这个)张允和是不是妮(你)呀？"我拿过来一看，是一篇公开回答各界人士对历史教科书的质询的文章，占了几乎一整版，标题是《敬答各方面对教科书的批评》。再仔细读过全文，不得了，提到别人的意见不过一两次，却五次提到张允和，如：

　　张允和先生在批评我们的"高中中国历史"时说："中国历史上有许多优良的科学、文学、艺术、哲学……高中同学，需要了解自己的历史上文化进展的情况。"这些意见都是正确的。在我们的历史教材中，没有充分以中国历史上伟大事变、伟大人物、伟大创造来具体生动地刻画出中国历史发展的面貌，以激发学生爱国热忱，这是首先应该指出来的观点上的错误。

张允和先生又指出，我们的中学历史教材中对于"历史各民族没有系统的说明"，"讲到各民族的关系，不容易叫人联系得起来"，"在各章节中只说到许多奇怪的民族名字，而没有说出各民族的源流和关系，使读者摸不清头绪，好像这些民族是突然出现的"。

张允和先生指出："历史教科书应以历史事件、人物为主……这样才可以了解社会各方面的进展，不是平面地静止地讲述社会经济状况就能够达到教学目标的。"

张允和先生把"高中中国历史"上册中讲到年代的句子作了一个统计之后说："……一本历史教科书只有三十几处表明年代是不够的。""全书没有用公元纪年作为线索，一会儿公元、一会儿年号、一会儿某帝几年。尤其是春秋战国，公元、周天子几年、鲁史纪年，又有秦宋诸侯的纪年，把春秋战国的年代混淆在一处。"这些意见指出了我们在历史教材的写作方法上的一个严重缺点……

我大为得意,反反复复地看,把催我吃饭的三妹和沈二哥晾在了一边。

就因为这篇文章, 当时任人民教育出版社社长的叶圣陶先生将我推荐给出版社,并很快把我调到了北京。

我只身来到北京, 参加了新编历史教科书的编写工作。我为自己四十出头又开始了一个全新的职业生涯高兴得不得了,想尽其所能大干一番。

下岗

我高兴得太早了, 到北京还不到一年时间,"三反五反"开始了,我莫名其妙地成了"老虎"。说我是地主,曾分到过两年租,还说我是反革命,要我写交代。这是中华人民共和国成立后的第一次运动,我吓坏了。交上去两万字的"交代"没有通过。紧接着,我的家就被彻底翻了一遍(那时不叫抄家),别的我都不在乎,因为本来我也没什么东西,但最让我难过的是,他们居然把周有光及朋友给我的信都拿走了。这对我的打击太大了,夫妻间的信居然被别人拿去当材料"研究",简直是一种耻辱,刚刚"得意"过的我被击倒了,甚至觉得整个生活都完结了。

我好动笔,到北京来工作后,常给周有光写信,我们互相信任,夫妇间什么话都讲的。有一次我写信给他,说我收到一个相识了几十年的"小朋友"的信,信中说他已爱了我十九年,你猜这个人是谁?周有光在回信中幽默地一本正经地猜:是W君吧?是H君吧?那么一定是C君了?就因为这些英文字母,被审查我的人说成是特务的代号,我又有了一顶"特务"帽子。他们要我把所有的字母都改写成名字,写出详细地址,供他们查找。

我含羞蒙辱,无地自容,不吃不喝,也睡不了觉。夫妻间的一点"隐私"都要拿出来示众,还有什么尊严可言呢?我的精神整个垮掉了。原本我的体重就只有八十二斤,两个礼拜又轻了两斤,只剩了整整八十斤。我的牙床开始不停地出血,到医院一查,是齿槽骨萎缩,医生说如不抓紧医治有很大危险。我以此为理由要求请假回上海治疗,得到批准。行前,我忐忑不安地找到那位主管此事的副社长,口气很谦和但态度很坚决地说:"如果我确实有问题,请处理我。如果没有,请把我爱人的信退还给我。"结果他们把信全部退还了,我接过来时,觉得比火还烫手,烫得我心痛。

1953年,张允和在北京沙滩家中练习昆曲。

我离开了沙滩，离开了北京，临走时不敢回头。

回到上海两个月，我的牙齿拔得只剩了三颗，第三个月出版社来函催我回去，我的假牙还没装好怎么能回呢？按当时的规定可以请六个月的假，可到了第五个月，我接到出版社的信，告诉我不要再回去了，工资发到十月（六个月的）。我从此没有了工作，中华人民共和国成立后的第一次运动我就下岗了。

我这个八十斤重的老虎，只好养在家里了。

焉知非福

"不要再出去做事了，家里的许多事都没有人管，老太太（婆婆）的年纪也大了，需要照顾。"有光向来尊重我自己的选择，他这番话的意思我明白，是想把我从那种愁苦的情绪中拉出来，顺理成章的一句轻松的话，过去的一切不快都淡淡然烟消云散了。

我这才安心做了四十六年标准的家庭妇女，没再拿国家一分钱工资。真正成了一个最平凡的人，也是一个最快乐的人。

有光建议我回苏州散散心，在自己的娘家，在弟弟的精心安排下，我玩儿得很开心。五弟一家陪我走遍了小时候留下足迹的地方。旧时的曲友欢聚，拍曲按笛，《游园》《佳期》又回来了，还有什么能比这更快活呢？

再回到上海，我已经完全摆脱了恶劣的情绪，又恢复了原来的我。每星期六请唱花旦的张传芳教我昆曲，我们把《断桥》《琴挑》《思凡》《春香闹学》《游园》《佳期》的身段谱一点点搞出来，昆曲于我，由爱好渐渐转变成了事业。我没有完，结缘昆曲，有了一种新生的感觉。

"塞翁失马"，时间越长我越体会到这是一种幸运。如果我没有及早下岗，如果"文革"时我还在工作，那我必死无疑，不是自杀就是被整死。

小丑

1968年8月13日那天，下午3点钟左右，北京沙滩后街55号的一个大杂院里。我家住了两间屋，外屋东南两边都有碧纱窗子。东窗下我种的马来西亚有棱角的丝瓜，已经长得又长又粗了，它的大叶子的浓荫遮覆了我的屋子。南窗下人家种的玉米也高过了屋子。天气十分闷热。我和十五岁的干女儿小红，躺在里屋的床上休息。

突然传来很急的敲门声，人声嘈杂。小红看了我一眼，我示意她快去开门。小红没有来得及开好门，一群男女就拥了进来，门外还有一群不大不小的孩子被大人们阻止了进来。孩子们就趴在东窗外的丝瓜架子上，站在碧纱窗的窗框上，向屋子里张望。

我从床上一骨碌爬起来，穿好鞋子，从里屋迎了出来。一共进来八个人。

我们里弄的副主委，把两个陌生的小伙子介绍给我说，他们是北京大学来"外调"的。当然没有介绍来客的姓名。其余六位都是里弄干部。

我让两位不速之客，也是当时的英雄人物，坐下来。

我家的一张小小的红木桌子，以前是人家打麻将用的，我得来做了吃饭的桌子。桌子放在两方东窗的当中，一边靠东墙。我坐在南面，脸向北。两个小伙子，一个坐在我对面，一个坐在我的左手边。其余六个散坐在床上和凳子上。

我刚坐下，小红给我一个人倒来一杯茶。我们家的规矩，应该先请客人喝茶。可是小红知道这些客人不会喝我们家的茶。他们是无产阶级的革命造反派，如果喝了资产阶级人家的茶，那就划不清阶级界限了。

他们来势汹汹，很有气派地坐下来。我对面的小伙子开口讲话了。

"我们是北京大学派来外调张芝联的！"

张芝联？他是过去上海光华附中的校长。我在那儿教过书。他比我小十岁左右。他出了什么事？

他们像连珠炮似的问了我关于张芝联的好几个问题。我都茫然，只得回答："不知道。"几个"不知道"，就触怒了他们。

左手的小伙子指着我的茶杯说："拿开，不许喝茶！"

我乖乖地把茶送进里屋，小红接了去。小红有点难过，她巴巴地送上这杯茶，我一口也没有喝。

我匆忙地回到外屋，正准备坐下去的时候，忽然听见一声吆喝："不许坐，站起来！"

我还没有坐稳，就扶着桌子边站起来。站起来的时候，背后的椅子挡住了我的腿，所以我的身子紧靠着桌子边。这样的站法似乎有所倚靠，让他们看上去很不顺眼。

左手的小伙子又吆喝了一声："不要靠桌子，退后两步！"我遵命退后两步，把椅子用腿推到后面，靠到椅子。他们可能想：不叫你靠桌子，你又靠上了椅子！那小伙子又嚷了："向前走一步！"

我又遵命向前走一步。这样，前不巴村、后不着店，没依没靠地站着，他们可能是满意了吧。

我站稳了。我想，我是快满六十岁的老太婆了。这些年轻人，是在导演我唱什么戏呢？他们是十分严格和严厉的导演，而我是忠实执行导演指挥的好演员。

一抬头，窗子外面都是孩子们可爱的小脸和一双双惊奇的大眼睛。我看不见丝瓜的大叶子。

我等待他的再次吆喝。他在几次大声嚷嚷之后，似乎有些累。不过，年轻人是不会累的，尤其在这种场合。

我对面的小伙子说："你仔细想想，张芝联过去干过什么政治勾当！你又何必包庇他呢？"我很感激这个小伙子对我的温和态度。

我说："我们只同过不到两年的事。他是校长，我是教员。我们仅仅在会议上碰头，讲过很少的话。"我回答的时候，声音轻了一些。也可能是他们大声嚷嚷之后，耳朵有点儿不灵了吧！

左手的小伙子又叫开了："噢！叫你讲话，你说得那么轻。你对外国人讲英语的时候，倒哇啦哇啦的！"我想笑不敢笑。他们几时听见我和外国人讲话？外国人就怕大声嚷嚷。那样对客人、对主人，都是不礼貌的。

对面的小伙子打圆场了："给你五分钟，考虑考虑，张芝联在三十几年前，参加过什么反革命组织？"

给我五分钟，因此全屋子里的人，连我在内，都得到了放松和休息的机会。布满在屋子外面的瓜架上、窗框子上的孩子们，也似乎安静了些。

给我五分钟，这多么宝贵的五分钟！我应当考虑张芝联的事了。不过，他们问我，张芝联三十年前的事。那时他不过是一个十三四岁的孩子,会参加什么反革命组织呢?我就更不知道了。

我把两脚放开了些,八字脚站起来更稳当,免得身子晃晃悠悠的。这时候,我才有机会仔细端详坐在我对面的小伙子。

嘿!好漂亮的小伙子!年纪不过二十岁多一点儿,雪白粉嫩的脸,一双黑白分明、很有威严的眼睛,还是双眼皮呢!看上去只有大学一年级。

我想:他跟女孩子谈恋爱的时候,一定是非常温柔、非常温柔的美男子!

我又想:这个小伙子要是我家里的人该多好。我唯一的儿子已经三十多岁了。这小伙子算是我的儿子,太小了些。我只有一个孙女儿,小名儿叫庆庆,今年才八岁。这小伙子算是我的孙子又太大了些。如果我的儿子和孙子跟我"斗猴",我生气不生气呢?

我,自己问自己;我,自己回答:"不生气,才不生气呢! 只要孩子们觉得有趣,我就没有什么不愿意的。"

我双手交叉放在胸前。我想举起右手, 手托香腮,好帮助我仔细地想。不行,这个姿势可能会引起误会。我依然双手交叉放在胸前。

左手的小伙子咳嗽了一声。

这时候,我忽然产生了危险感。这不一定是有趣的事。斗争是尖锐的,是面对面的。斗争不但伤人的身体,更会伤人的心。也许有一天会斗死!不,也许就在这个时候!不过那也不要紧。我能活到今天,活了六十年,也就够本了。过去就是有时有病痛以及人世间的许多折磨,也应当算是美好的生活。活着就是美呀!

我这种想法,很有点"阿Q精神"。"阿Q精神"是蛮有道理的。我几乎想长长地舒一口气。

左手的小伙子突然站了起来,伸一伸胳膊。我想:不会要打我吧,打人在今天是家常便饭呀。

哦!他原来是深呼吸。他轻轻地把胳膊放在桌子上,又坐了下来。我瞥了他一眼,这个小伙子黑黑的,比较粗犷。我没敢仔细看他。

我想:对面白脸的是"常山赵子龙",这黑脸的是"猛张飞"。他们都是好样的英雄!

这五分钟怎么会这样长?我由"赵子龙"、"猛张飞"想到了唱戏。记得我在北京昆曲研习社演过几次小丑。

我现在又在演戏了。戏里总要有一个小丑,戏才更有情趣。我演小丑的时候,沈盘生老师先替我在鼻子上画一块白豆腐干，再勾上几笔墨，勾得很有书卷气。

我演过四出戏的小丑：第一出是《西厢记·寄柬》中的琴童。琴童知道红娘躲在桌子下面。他故意说《西游记》，最后把书桌一拍说："啪嗒一声响，妖精出洞门！"这时候，红娘大吃一惊，急忙钻了出来！真正有趣得很！

第二出是败子回头《金不换·守岁》中的书童。这出戏只有两个角色，一个是败子姚英，另一个就是我扮演的书童。书童引诱败子赌钱，左手拿着一个大青花碗，右手掷骰子，那个样子很滑稽。

第三出是《白兔记·出猎》，我演的是咬脐郎身边的一个旗牌军的小头头，名字叫王旺。有一次，演咬脐郎的胡保棣摔掉了紫金冠。我拱手说："启衙内，我去取你的金冠来！"我很得意，我在舞台上能随机应变。想到这里，我可能扬一扬我的眉毛。

第四出是《风筝误·后亲》，也就是川剧的所谓《美洞房》。这出戏我们曲社演的次数最多。我演丑丫头。丑丫头有许多有趣的台词。像跪下来发誓说："我个糟糠阿太，鸭蛋头菩萨，我若个夜头领子韩状元进来末，阿要像今夜头能个，勿肯做亲个哆！"又说："今夜头是勿困个哉，像走马灯能格走一夜个哉！"最有趣的是三个"岂有此理"。第一个是韩状元骂岳母闺门不谨的"岂有此理"。第二个是事情搞清楚之后,岳母责备女婿也说"岂有此理"。第三个是丑丫头骗状元说"夫人来哉!"状元开了门,丑丫头就学舌说:"岂有此理!"李笠翁的戏,戏剧性是很强的。

我往往在生活的危险关头,想到一些有趣的事,以排遣我的苦闷。我想,他们不会知道我脑子里想的是什么。如果知道了,那我准得被克!

我今天又在扮演小丑了。是好心肠的小丑,还是坏心肠的小丑?我好像还没有演过坏心肠的小丑。不,不对!每一个人都把自己当作好人,别人是坏人。自己说自己是好人不能算数。别人说你是坏人,恐怕也不能算数,因为他们根本不认识你,当然不会了解你。算了吧,不要把自己当作好人,就算自己扮演的小丑是个坏人也罢。

我瞧了瞧对面的"赵子龙"。他是我一抬头就能看见的人。我不大敢看"猛张飞"。我转头斜眼对他是不恭敬的。"赵子龙"不是小丑。不,小丑脸上不一定有块白豆腐干。他们是小丑?我是小丑?我有点糊涂了。

这时忽然想起他们问张芝联反革命的事,这才"思"归正传。张芝联现在北京大学教西洋史。从前我在光华附中教过中国史。"教历史",这就是二人的共同之处。

由此我想到了历史。历史上我是好人也罢,坏人也罢,那是后人评价的事。历史是悠久的,人的一生是很短暂的,宇宙更是无限大的。像我这样的人是很渺小、很渺小的。但是我这个很渺小、很渺小的人,曾经绕地球一周。那时候绕地球一周不像现在这样容易。我要是给这两个小伙子斗倒了,也还是十分丢脸的事。

我想:在整个世界上,我是一粒小灰尘,一阵风就会被吹得无影无踪了。不,还有"物质不灭"定理哩!我现在是一个实实在在活着的人,虽然非常非常渺小!

我反反复复地想:"他们是小丑?我是小丑?"这出戏也许双方都是小丑。有这样一出戏吗?我倒一时想不起!我们这出戏,屋子里的大人,窗子外面的孩子们,都看得很来劲。

好不容易过了五分钟。我想这是足足的五分钟,不然时间怎会这样长?

"赵子龙"看了一下表:"交代吧!该想起了吧!你过去难道不曾打听他干过什么事?"

我脑子里这才又想到张芝联反革命的问题,把小丑暂时搁置一边。如果再给我五分钟,我可以写一篇《论小丑》了。

　　"交代,实在没有什么可以交代。"我不敢说得太轻,也不敢放大喉咙。我把声音调整到恰到好处,慢慢地说:"他是校长,我是教员。我没有到过他的家,他也没有来过我的家。我从来没有想到去打听他过去的事。那时候好像不作兴去问人家的履历。他过去的情况,我一点儿也不知道。"

　　我左手那位"猛张飞"生气了,大声说:"不知道,岂有此理!"

　　好一个"岂有此理"!这是第四个"岂有此理"!戏剧性强极了!

　　他接着说:"你不坦白交代?你包庇他,刘邓包庇你!你们一伙都不是好东西!"他算替我下了很客气的结论。

　　屋子里的人七嘴八舌地都来劝我。什么坦白从宽啦,抗拒从严啦!要我好好地交代,否则就要吃苦啦!

　　我有什么好说的?这时候,我失去了涵养。我气愤地说:"不知道就是不知道。我不能造谣说谎。我不能向群众脸上抹黑。我不能对不起人民,对不起国家!"

　　一屋子的人听了我这个断然的回答,大为愕然!大家沉默了一会儿。那位"赵子龙"站起来说:"好吧,用笔写你的交代吧,过三天我们来拿!"

他们一哄而散地开门走了。

门打开了。走的走了。可是另一批人拥了进来。是一大群原来趴在窗子外面的不大不小的孩子们。他们直奔里屋我孙女儿庆庆的玩具橱,翻腾了一遍。跳跳蹦蹦地各人拿了一些玩具走了。

孩子们在窗外的时候,已经把碧纱窗子踩坏了,也把我小心经营的瓜架子踩倒了。我从此再也不种瓜,更不栽花!

我和小红又躺到床上。我对十五岁的小红说:"幸亏今天庆庆不在我的身边!"

1979年12月8日

漫谈昆曲①

　　题目叫《漫谈昆曲》，不是什么学术演讲，讲的只是关于昆曲的一些常识，也有我个人的看法。

　　在漫谈之前，先讲个笑话。有人说"昆曲"是云南的"昆明调"。又有人说，"昆曲"就是"睏（kùn）曲"，睏倦的"睏"字。现在简化成"困"字，去掉了目字旁。"睏曲"就是听了使人睡觉的曲子。第一个是搞错了地方，把江苏昆山，搞成了云南昆明。第二个说法，是讽刺昆曲，说它词意太深，唱腔拖拉，像催眠曲一样，使人听了要睡觉。

　　我今天就来谈谈"昆曲"，希望大家听得不困就好。

---

① 此文是作者1981年7月8日在北京朝阳区业余大学中文系作昆曲讲座的讲稿。 ——编者注

什么是昆曲

昆曲是一种传统的中国戏剧，它在明朝经过昆山魏良辅在音乐、唱腔上加工提高，成为流行全国的主要剧种。

一、昆曲的由来。

元末已经有"昆山腔"名称(明朝开国皇帝朱洪武就听过昆山腔,是当地的民间戏曲)。有人说,元朝有顾坚在唱腔上加过工 (不过这种说法现在还没有成为定论)。昆曲成为非常有名的剧种,是明朝嘉靖(1522—1566年)年间,经过昆山魏良辅更细致地在音乐上、唱腔上加工以后的事。

魏良辅,号尚泉,原籍江西豫章(江西南昌),寄居江苏昆山(太仓)。著有《曲律》专谈(各种)声腔。

魏良辅先学唱北曲(并未学好,唱不过人家),后来研究南曲。十年不下楼,琢磨唱腔,吸收了(当地)民歌和(当时)余姚、弋阳、海盐三腔的优点(三腔将在第三部分谈),创造了一种细腻婉转的"水磨腔"。乐器以笛子为主,把南北的管、弦乐组织在一个乐队里(南方管乐,北方弦乐),成为江南流行的剧种,后来流行到全国。

二、昆曲在中国文学史、戏剧史上的地位。

(一)文学史上的地位:中国文学史里,戏剧没有地位,小说也没有地位。小说在文学史上占重要地位,是"五四"运动(1919年)以后的事。认识戏剧在中国文学史上应该占有地位,是王国维(1877—1927年)开始的。英国一向看重戏剧文学,直到现在中国还有一些人不了解戏剧在文学史上的重要性。

(二)昆曲在中国戏剧史上的地位:昆曲在中国戏剧史上占有特殊地位。原因有四:

1.剧本多:流传下来的剧本估计在两千种以上(也只有估计,还没有统计)。每本戏少到一二十出,多到四五十出(宫廷剧本有长到两百四十出的)。

2.文辞美:它不但是舞台剧本,同时也是文学读物。可以听(曲),可以看(戏),可以阅读。知识分子欣赏它的文辞典雅,普通人喜欢它的舞台表演艺术。

3.时间长:雄踞舞台四百年(如果由元代有昆腔名字开始,有六七百年历史,我们还是由魏良辅开始算到现在约四百五十年)。

4.区域广:起源在昆山,由昆山到苏州落户生根。以苏州为中心,传播到江苏、浙江两省。然后进入北京宫廷(尤其在乾隆、嘉庆时期,苏州选各班优秀演员进奉宫廷),再流传到全国各地(私人戏班、职业戏班向各地发展,京官再带回家乡,戏班一向是到各地演出,所以流行全国)。

所以,郑振铎先生说"昆曲不是地方戏",这是很有道理的。这是1957年,郑振铎先生在一次昆曲座谈会上讲的第一句话。本来,第二项写的时候是第三项,为了让同学们先来一些感性知识,所以调在这里先讲。

昆曲的剧作家和剧本

这里仅仅谈魏良辅创造新腔以后的新作家(界限),没有提到改为昆曲的南戏(又叫传奇)和北杂剧。(南方戏之祖的"荆、刘、拜、杀"——《荆钗记》《刘知远白兔记》《拜月亭》《杀狗劝夫》——和《琵琶记》,也没有提到北杂剧《单刀会》和北弦索调改为南曲的《西厢记》)。这些新剧本用传奇方式,多人唱,而且长到四五十折,不像元杂剧只有四折,每折只一人唱。所以谈的都是魏良辅以后的作家。

一、早期约16世纪中至17世纪初,特点:典雅。

(一)梁辰鱼的《浣纱记》:梁辰鱼(约1521—1594年),

号伯龙,江苏昆山人。是魏良辅同时同地的人(他比魏大约小二十岁)。

1.《浣纱记》是梁辰鱼用魏良辅的新腔搞的试验田,也是试验成功的第一个昆曲剧本。昆山、苏州(吴中)一带,争相传唱。当时有"吴阊白面游冶儿,争唱梁郎雪艳诗"(演员们要是没有见到梁辰鱼的,认为是最不体面的事)。《浣纱记》的试验成功,对昆曲以后的发展,影响很大。

2.《浣纱记》以春秋时代吴越两国相争为背景,写范蠡和西施恋爱的故事。最后范蠡功成引退,带了西施(坐了船)飘然而去(五湖),结束不落俗套(过去的戏剧,差不多以大团圆结束)。

(二)汤显祖的《牡丹亭》。

1.汤显祖和英国莎士比亚是同时代的人。汤显祖(1550—1616年),号若士,江西临川人。英国大戏剧家莎士比亚(1564—1616年)比汤小十四岁,同在1616年去世。中国人知道莎士比亚(我知道诸位都知道),可是中国知道汤显祖的人并不多。

2.汤显祖的"四梦"(又叫玉茗堂"四梦")。"四梦"是《紫钗记》《还魂记》(又名《牡丹亭》)、《南柯记》《邯郸记》。"四梦"中只有《牡丹亭》是创新的,其余三梦都出于唐人小说。

《紫钗记》出于唐·蒋防《霍小玉传》；

《南柯记》出于唐·李公佐《南柯记》；

《邯郸记》出于唐·李泌《枕中记》。

我们常讲"南柯"一梦，黄粱一梦，就是《南柯记》和《枕中记》，一个是写做梦到了蚂蚁国做了南柯太守，一个是在枕头上睡了一觉做了一个富贵荣华结束时几乎杀头的梦，醒来时黄粱米饭还没有熟。

3.《牡丹亭》写柳梦梅和杜丽娘生死姻缘的故事。杜丽娘死而复生，终于和梦里情郎结为夫妇(全戏五十五折，我们曲社曾经整编，在国庆十周年献礼演出)。精彩的几折现在还在上演，如《学堂》(春香闹学)、《游园惊梦》和《拾画叫画》等折。

4.《牡丹亭》曲词优美典雅，"奇文、妙语"处处都有，是昆曲中最优美典雅的，尤其是写少女心理极深刻蕴藉。

"《牡丹亭》艳曲得芳心。"《红楼梦》的第二十三回就谈到林黛玉听到了《游园惊梦》两支曲子中"良辰美景奈何天，赏心乐事谁家院"和"则为你如花美眷，似水流年"缠绵哀怨的曲调，林黛玉"心动神摇"(当时有许多女子，为了听或唱《牡丹亭》而死)。

我试唱《游园》中的"皂罗袍"。

二、中期约16世纪末—17世纪,特点:通俗。三位作家:李玉(入声)、朱素臣、李渔(阳平、笠翁)。(读音的区分:迁,渔,雨,遇,玉)

（一）李玉的《占花魁》:李玉(1591—?年)号元玉,江苏吴县人。

1.李玉的"一人永占",是《一捧雪》《人兽关》《永团圆》和《占花魁》。《一捧雪》写严嵩家强行抢夺莫家的珍贵文物玉杯"一捧雪"的故事。《人兽关》写忘恩负义的人死后变狗的故事(现在儿童剧院演出的"十二个月"也是演坏人变为狗的故事,也有12月花神,很像《惊梦》中的12月花神)。《永团圆》写一个嫌贫爱富的老头儿,千方百计为一个女儿退婚,结果反赔了钱,又多赔了一个女儿(赔了夫人又折兵)。

2.《占花魁》就是"卖油郎独占花魁女"。写一个妓女花魁娘子钟情于一个贫苦的卖油郎秦钟的故事(剧中《受吐》《独占》一折最精彩,叙说卖油郎攒了一年的钱,由卖油郎变成了嫖客,可是花魁酒醉回家,呕吐了秦钟一身新衣服。秦钟守了一夜,直到花魁酒醒,花魁只知道他的爱是诚恳的。后来花魁又被人辱打一顿,丢在西湖雪塘里,幸亏卖油郎救了她回家。《独占》写两人情投意合,那些王孙公子反无缘了, 花魁有心积聚了钱, 自己赎身嫁给卖油郎)。

3.《占花魁》和《茶花女》:《占花魁》(最初也是小说)是戏剧,作者李玉,中国剧作家。《茶花女》原来是小说,后也改成戏剧,原作者小仲马(1824—1895年)是法国作家(小仲马比李玉迟两百多年)。

《茶花女》是写一个贵公子(阿芒)爱上了妓女玛格里特,妓女也专心爱上了阿芒。阿芒的父亲为了保持家庭名誉,结果牺牲了妓女,是悲剧。《占花魁》是喜剧。中法两部名著,有异曲同工之妙。我认为《占花魁》的思想境界更高。

(二)朱素臣的《十五贯》:朱素臣和(上面的)李玉是同时同地(也是吴县)人。他们俩和其他人如朱佐朝等共写了一百多个剧本,对昆曲的通俗化起了很大的作用。如果一直是典雅的,将不会长时期流传广大地区。

1.从《双熊梦》到《十五贯》:朱素臣的《双熊梦》,写的是熊氏两弟兄(友兰、友蕙)同时遭受冤狱,最后平反的故事。《双熊梦》中兄弟熊友蕙在书房中放了毒耗子的饼,被隔壁人家的一个儿子偷吃死了。大家认为这家的养媳妇与熊友蕙通奸,谋害了丈夫。《双熊梦》写况钟做梦,两个狗熊向他求救。我小时曾经看过《双熊梦》，要演两晚上。其中有一折《男监》，写两弟兄在死狱中见面，真是感动人，台下没有人不哭的。删改为《十五贯》时，也只能割爱。

1956年的社论《一出戏救活了一个剧种》，实际上是"半出戏救活了一个剧种"。

2.《十五贯》的故事：（大家可能都看过《十五贯》的电影，不一定看到戏，因为你们都十分年轻。）青年人熊友兰背了十五贯钱（从前钱中有孔，用绳子穿起来，每一千个叫一贯）到常州贩卖梳子篦子（过去男女都留长发，所以篦子的生意好），恰巧同路的小姑娘苏戌娟家也被人偷盗了十五贯钱，而且小姑娘的父亲（后父，母亲已死）又被人杀死。有些官员不好好调查研究，就定了两人的死刑，最后由监斩官况钟（历史有其人）仔细调查研究，平反了冤狱，找到了真凶。这出戏由浙江省昆苏剧团演出，况钟由周传瑛扮演，我最欣赏他在《判斩》中的表演。过去杀人犯身后背一个木牌。杀之前要用朱笔画个圈。当况钟举笔要画圈判斩时，犯人叫冤枉。几次下笔，几次心理反复，结果还是丢下笔"为民请命"，实在是神笔，周传瑛演来非常好。

《十五贯》改编的成功，为戏曲"推陈出新"做了很好的榜样。

（三）李渔的《风筝误》：李渔（1611—约1679年），号笠翁（上面的李玉，入声字，此处李渔为阳平），浙江兰溪人。他有"十种曲"，《风筝误》最有名（京戏叫《凤还巢》，北京评剧团有《风筝误》）。

1.李渔是剧作家，也是戏剧理论家。他的戏剧结构讲究舞台效果，戏剧性强。他自己编剧，自己导演。家里有自己的戏班，还能设计布景（过去中国传统戏是没有什么布景的。我在英国看莎士比亚的戏也没有布景）。他的戏剧理论写在《闲情偶寄》里。中国戏剧早期被翻译到欧美去的，除元曲和《西厢记》等之外，有李笠翁"十种曲"中的三种（《慎鸾交》《奈何天》和《风筝误》）。西洋很重视他的作品，文辞通俗易懂。

2.《风筝误》的故事：以放风筝做媒介，写两对美、丑的青年男女，发生了多次误会，终于各得其所。有一折叫《后亲》，我们曲社曾经演出过，就是川剧的《美洞房》。说的是大小姐（丑小姐）曾约美公子来相会，不欢而散。后来美公子娶了这家的二小姐（美小姐），他还以为是丑小姐。这出戏里先后有三个人说"岂有此理"。第一个是韩公子（琦仲）骂岳母闺门不谨"岂有此理"；第二个是事情搞清楚之后，韩公子看清了新娘是一个美丽的姑娘，不是以前见到的丑小姐,岳母责备女婿"岂有此理";第三个是丫头骗韩公子说"夫人来了",韩公子开了门,丫头也学夫人说"岂有此理"。针线很密,戏剧性很强。这戏我们曲社也演过。

三、晚期17世纪中至18世纪初"南洪北孔":南洪是洪昇(1645—1704年),号昉思,浙江钱塘人;北孔是孔尚任(1648—1718年),号东塘,山东曲阜人,孔子第六十四代孙。

(一)洪昇的《长生殿》。

1.《长生殿》的优点(昆曲到此,达到最高潮):他综合了过去剧作家写唐明皇和杨贵妃故事的长处,留精华、去糟粕(删去杨贵妃和安禄山的奸情),成为一个具有完整体系的剧本(看来洪昇是以白居易的《长恨歌》作为范本的)。文辞优美,场次安排得好,主要演员不太累,曲牌用得很多,很合适。有人说他整个几十折戏里,没有重复的曲牌。可是我请关德泉查过,只有极少数相同的曲牌。

2.《长生殿》的故事:(大家都知道)写唐明皇(唐玄宗,712—755年在位)与杨贵妃(玉环)的恋爱故事(上面的西施和杨贵妃是中国历史上最美的女子)。最后杨贵妃在军队的愤怒下死去(《长恨歌》有"马嵬坡下泥土中,不见玉颜空死处")。

3.“可怜一曲《长生殿》,断送功名到白头”(洪昇本人的故事):那时戏班里《长生殿》唱得很红,班子里为了庆祝演出成功,特地唱一台戏替洪昇祝贺,可是不巧那是佟太后的忌辰——是停止文娱活动的日子——就这样革去了洪的功名,潦倒了一辈子(家里又出了事),最后在浙江乌镇淹死(酒醉)。

(二)孔尚任的《桃花扇》。

1.剧本重史实:孔尚任的舅舅秦光仪告诉他南明福王朝(明朝偏安南京的福王,1644—1645年在位)许多真实情况。孔写好《桃花扇》,一直没有演出。也许因为写的是史实,在清朝有所顾忌。演出后,一时也轰动。可是情况不像《长生殿》,孔本为诗人,曲辞好,结构也好,可惜不大协律。

2.桃花扇的故事:明末(南明)南京阮大铖为了收买名士侯方域(明末四公子之一,其他三人为方以智、冒辟疆、陈贞慧),暗中出钱让侯娶了秦淮名妓李香君。侯、李拒绝了他的收买,定情时,侯题诗送扇给香君,以后两人分散,李香君被迫嫁人时以扇乱打,伤额,鲜血溅在扇子上。有人加了枝叶,画成一幅桃花,所以叫桃花扇。阮大铖对他们进行了迫害,乱离之后,南京失守,两人在栖霞山相遇,看破红尘,都出了家。

孔书前有考证,桃花扇虽说是史实,但结果并非史实。侯方域参加了清朝的考试(乡试),非入侯李之道。倒是欧阳予倩先生改的《桃花扇》结尾合乎史实。

上面七位剧作家,是用昆曲新腔写剧本:早期的梁辰鱼创作昆曲第一个剧本,汤显祖的典雅文辞在昆曲也是第一名;中期三位作家作曲通俗(没有他们,昆曲不会大量地传给人民);晚期洪昇的《长生殿》是昆曲最成功的作品,文辞好,排场好,音乐(曲牌多)好;《桃花扇》在历史剧中有特殊的地位(我除了《桃花扇》未见舞台演出,其余都见过)。

另外有无名氏的《千钟禄》(《千忠戮》)中的《惨睹》(《八阳》)最有名。当时昆曲最盛行的时候,有"家家'收拾起',户户'不提防'"之说。"收拾起大地山河一担装"和"不提防流年值乱离"分别是《千忠戮》和《长生殿·弹词》"九转货郎儿"前的一支曲子(也是引子)"一枝花"的第一句。

昆曲的三元素

昆曲是综合性的舞台艺术,主要内容可以分为文辞、音乐、舞蹈三方面。

西洋的戏剧往往只有两个元素，有歌唱和音乐的叫"歌剧"（Opera），有舞蹈和音乐的叫"舞剧"（Ballet）。

一、文辞昆曲语言是诗的语言。文辞的组合有一定的格律和形式。

（一）韵文和白话。

1.曲子：包括引子、全曲、过曲、尾声。

2.韵白：包括上场诗、下场诗等。

3.说白：独念、对白用口语，有时用方言（小丑苏白，间有扬州、杭州话）。

（戏如果没有白，就不成戏剧，观众更看不懂）

（二）昆曲吸收中国传统的民歌、唐宋大曲、诗、词的材料，灵活地应用。能演唱的折子戏四百多折，保存下来的剧本就难统计了（起码两千种）。这些剧本是我们戏剧文学的最大财富，有取之不尽的宝藏。

（三）典雅和通俗：大家都认为昆曲是典雅高深的，实际上它也有通俗的一面。

戏曲不同于其他文学作品，它不仅仅是阅读的文学，也是观看的文学。在戏里不但有典雅的诗篇，也有通俗的说白。就是唱的曲子，也不是千篇一律文绉绉的，也有通俗的曲子。

早期的昆曲比较典雅,后来观众越多,越要求听得懂。所以中期作家的文辞渐渐通俗,但我们还是觉得它文言成分太多,因为时代的距离。

二、音乐昆曲和其他剧种不同的地方,主要是音乐唱腔,最大的特点是唱起来没有过门。

(一)水磨腔:昆曲唱腔"流丽悠远"、"清柔婉折",形容它的唱腔细腻。又说"出于三腔之上,听之最是荡人",它的唱腔很有情感。

昆曲名家俞振飞先生曾在他父亲俞粟庐先生的《粟庐曲谱》一书的前面写有"习曲要解",概括地写了十五种昆曲唱腔。

15腔:1.带腔;2.撮腔;3.带腔连撮腔;4.垫腔;5.叠腔;6.啜腔;7.滑腔;8.擞腔;9.豁腔;10.㬠腔;11.哼腔;12.拿腔;13.卖腔;14.橄榄腔;15.顿挫腔。

以橄榄腔为例,唱起来"由轻到响,再由响到轻",也就是"由弱到强,再由强到弱",这种腔像橄榄一样,两头尖,中间大。

(二)谈谈三腔。

昆曲流行时的三腔:

1.海盐腔:海盐在浙江省北部,靠杭州湾。它起源于元朝(1280—1367年),流行在浙江省嘉兴(嘉善)、湖州、温州、台州一带,"以拍为节",以打击乐器为主,间有丝竹。

2.弋阳腔:弋阳在江西省东北部,弋阳腔起源于江西弋阳(元末明初),流行在北京(首都)、南京(陪都)、湖南、福建、广东甚至到云南、贵州(七省)。特点是一人独唱,后台帮腔,也是打击乐器。

3.余姚腔:开始于余姚(绍兴),即浙江省东部,流行三省:江苏省常州、镇江、扬州;安徽省贵池、太平、滁州和浙江省余姚一带。也以节拍为主,加入了丝竹乐器(尚无定)。

(三)乐器:昆曲有打击乐器(鼓、板、锣)、管乐(笛、箫、笙)、弦乐(三弦、琵琶)三种。南曲用管乐笛子为主,北曲用弦乐三弦为主(大致基本如此)。昆曲把南北管、弦乐合在一起,以笛子为主,三弦是第一辅助乐器。在器乐方面比过去大大进步,上述三腔比不上它,在中国戏剧的音乐上构成了一个完整的乐队体系(虽然它在当时只行于吴中)。

(四)南北曲的区别:

1.音乐方面:南曲只有五声音阶(12356),没有半音(47);北曲七声音阶(1234567)。

2.语音方面:南曲有入声,五个声调(阴平、阳平、上声、去声、入声）；北曲没有入声，四个声调（阴平、阳平、上声、去声），同现代普通话一样。

（五）曲牌：曲牌就是一个曲调有一个名字。"曲牌有一定的唱法、字数、平仄（声调）的基本定式。"可以根据它填进新的词和曲。也可以从文字方面说，它有一定的句法、声调的格律；从音乐方面说，它有一定的歌唱旋律。

曲牌还保存两方面：格律和旋律，可以唱；词牌不然，只能按文辞的格律填新词，旋律（乐谱）已经失传。

1.曲牌的来源：《九宫大成》有近七千个，大都来自民间歌曲（"好姐姐"、"山坡羊"、"滚绣球"、"货郎儿"）。有来自唐宋大曲的"齐天乐"、"降黄龙"，有来自词的"虞美人"、"生查子"、"浪淘沙"，有来自少数民族的"菩萨蛮"。

2.曲牌的应用：整本戏里，每一折用一套（或两套以上）。有的全是南曲，有的全是北曲，有的是南北合套，还有吹打的曲牌，如"将军令"（《红楼梦》上有）、"万年欢"。

请关德泉吹两套，一是细吹，一是粗吹。

每一折戏要用一套（或两套）合乎剧情和人物的曲牌。缠绵的多用南曲，激昂的多用北曲。例如：《游园》用的是南曲"绕地游（引）"、"步步娇"、"醉扶归"、"皂罗袍"、"好姐姐"、"尾声"。《长生殿·哭像》用的是北曲"端正好（引）"、

"滚绣球"、"叨叨令"、"脱布衫"、"上小楼"……"尾声"。很少用单支曲。

三、舞蹈昆曲叫"身段"。身段是在日常生活基础上，经过艺术加工提炼出来的程式动作。

身段讲究"手、眼、身、法、步"："手眼身步法"就是手、眼、身、步有一定方法或是法则。也就是说手势、眼神、身腰、脚步的动作要优美，要有机地联系。

长袖善舞：身段中的"水袖"动作就有七十二种（齐如山《国剧身段谱》），这里简单谈一个"圆"字。

舞台是演员的活动范围，舞台大都是弧形的（方）。走路叫"走圆场"，"跑圆场"。做身段是给观众看的，演员在做什么，讲什么，想什么都要用动作表示出来。所以动作一定要慢，圆的动作，既慢又优美。

亮相：可以算是中国戏剧一种表演方法。主角在上场、下场或武打休止时，都来个亮相。是在一个短促的静止的时候，做出塑像的姿态，亮相可以突出人物的形象和精神状态。

舞台上各种动作基本上是圆的，静的亮相，动的过程。

仅仅举一个"手"的指式来谈谈。

手指出的姿势应该是"欲左先右，欲右先左"，"欲下先

上，欲上先下"。(示范)

(以"在那遥远的地方"为例，有两种指法。)各种角色"圆"的大小程度不同而已(汤显祖的《惊梦》就写有身段……)

剧本上虽有作者记录身段(介，或科)，但"身段"是历代艺人们"手传身教"创造出来的。

昆曲是中国传统的、综合性的舞台艺术，文辞、音乐、舞蹈三者紧密配合，其中音乐、唱腔自成体系。

结束语

今天我十分高兴，能跟同志们见面，谈谈青年一代不大谈的昆曲。

昆曲在中国文学史、戏剧史占有地位，在世界文学史上也应当占有地位。国际上经常有纪念世界名人的活动，若干年前，曾经纪念过我们元朝的戏剧家关汉卿，这说明世界各国对中国戏剧是多么重视。五年以后(1986年)，将是莎士比亚和汤显祖逝世三百七十周年，那时候，如果同时纪念这两位伟大的文化人，将是极有意义的事。

昆曲是四百年来文人、音乐家、艺人精心创作的结晶。

在不断的舞台实践中,总结了过去的历史经验,树立了我国完整的戏剧体系。

爱护文化遗产,继承传统的戏剧艺术,不但要培养演员,也要培养观众。没有观众,就没有戏剧,任何一种艺术的继承和发展,都需要经过培养过程。青年一代最好对昆曲有一些常识性的了解,爱好古典文学,可以先看些昆曲剧本。有兴趣的,可以业余学习唱,学习演。研究文学和戏剧的,可以以昆曲为研究对象。

总之,我们要保存它,继承它,使它一代一代传下去,不让它失传。戏剧家还可以再创造它,使它获得新的血液,使它古树开花。

这就是我的,也是我们"北京昆曲研习社"的一点希望。谢谢诸位!

七十年看戏记

如果说做戏的是疯子、看戏的是傻子。那么我已经做了七十年的傻子了。

辛亥革命那年(1911年),我由故乡合肥跟父母到上海,我仅仅是二十二个月的怀抱中的幼儿。我母亲陆英是个戏迷,她生长在"二分明月、三月烟花"的扬州。童年乘凉的时候,她为孩子们低低地唱过《林黛玉悲秋》《杨八姐游春》的歌词。她到上海后在戏院里包了包厢,每季算账。她是一家之主,当然不能天天晚上去看戏,她认为是好戏才去看。常常就让保姆带孩子们去看。大姐元和住在祖母后房,去的不多;跟着保姆看戏最多的就是我——二姐允和,三妹兆和有时也去。我是这样坐在或是跪在保姆腿上看了六七年的戏,主要是京戏。1918年我不到八岁就搬家到苏州了。

起初看戏时,保姆专心看戏,我则专心睡在她怀里,不管锣鼓打"急急风",我也睡得安静香甜,什么好戏我都莫名其妙。在锣鼓喧天中睡觉,使我练就了一种本事,能在人声鼎沸中安然入睡。

到四五岁时,在保姆的训练下,我能够不睡觉看戏了。这可给她们带来许多麻烦,我打破砂锅问到底,提出了许多可笑的问题:譬如说台上的老头儿胡子怎么长得那样长,除了黑、白、灰胡子外,怎么还有红胡子。当任何一个角色出场时,他还没走到九龙口,我就问:"是好人还是坏人?"保姆回答的是:生旦多是好人,小丑和花脸多半是坏人。戏完时她们的预言往往不符合事实,我就和她们斗嘴了。

我最不喜欢看武打戏,打得满台灰土。我们的包厢离台又近;武士们在台上连翻十七八个跟头,也使我心烦,现在想想很对不起这些武功扎实的演员。这也许是小女孩儿对打架没有兴趣的缘故。

我喜欢小生、小旦,扭扭捏捏、哭哭笑笑的表演,对剧情并不十分了解。可是"私订终身后花园,落难公子中状元"的戏,深刻印在我的小小的脑子中,和我长大了选择丈夫要一个知识分子有关。

我很喜欢小丑的戏。那鼻子上一块白豆腐，勾上几笔又像字又像画的黑线条，很逗人喜爱。再加上一副滴溜溜的黑眼睛在白豆腐上更有味。对于小丑说白介绍他自己和别人，我听得懂，因此也渐渐了解整出戏的故事。尤其对演跟我差不多大小的琴童、书童感兴趣，因为他们都是孩子，都是淘气的孩子。我参加北京昆曲研习社后，曾自告奋勇演过几次《西厢记·寄柬》中的琴童、《金不换·守岁》中的书童、《白兔记·出猎》中的咬脐郎小军和《风筝误·后亲》中的丑丫头。这与童年的爱好是有渊源的。

老生的戏那时注重唱，可我不懂词儿。名角上台时，台下掌声雷动，我也跟着拍手。但是我却很佩服麒麟童，他的《徐策跑城》中"……我的耳又聋眼又花，耳聋眼花、眼花耳聋观不清城下儿郎那一个……"和《萧何月下追韩信》的"……我和你一见如故三生有幸……"我都摇头摆尾会唱几句。

我最喜欢大花脸的气派。那么奇特的勾脸、洪钟般的唱腔，都使孩子振奋。我最熟悉猛张飞和美髯公关羽，他们一出场我就认识他们。张飞的天真、妩媚、莽撞、粗野都使人好笑而又爱煞人。大花脸中最使人钦佩的是关公，我认为他是历史上最伟大的人物。关公对于刘备和刘备一家,甚至于对他的敌人曹操都那么义气,都叫人钦佩。他的丹凤眼、卧蚕眉、大红脸,那一副威严、庄重、正义凛然的样子,实在令人肃然起敬。记得有那么一个晚上看戏,一进戏院就闻见清甜的松香味。一进包厢,后台更浓馥的香烟缭绕到前台来。原来那天演的《麦城升天》。关公死了,成了神。的确,舞台上的关公,是我心目中的活偶像,引起我小时看《三国演义》的兴趣。戏剧常常是小孩子们最早接受教育的场所。

烧香拜神固然是一种迷信,可是它让观众没有入座时就已经"入戏"了。现代的戏大可借鉴这种渲染气氛,使观众和演员拉近距离,息息相通。

稍稍大一些看懂了几出戏,我们三姐妹就在家演戏了,《三娘教子》《探亲相骂》《小上坟》《小放牛》是我们经常演的戏,我们的戏是没有观众的。大姐、三妹有戏剧天才,演戏是主角,我则永远当配角。《三娘教子》中,大姐是三娘,三妹是老薛保,我是小东人,跪在地上顶了家法(家法往往是一支筷子),说:"娘啊,高高举起、轻轻落下。打在儿身,痛在娘心,娘啊!望母亲一下也不要打了。"我还是挺有感情地说这句白。《探亲相骂》中大姐是城里亲家母,三妹是乡下亲家母,我又当儿子又当媳妇。"亲家母来您请坐,细听我来说",我仍历历在耳。《小上坟》中大姐是白素贞,三妹是刘禄金,我则是鸣锣开道人。我大声嚷着:"开道呀!"三出戏我都配合得极好,我也很得意,虽然我不是主角。

我认为配角很重要,现在不是有配角奖吗?我的童年如有配角奖,我可以受之无愧。以后,我在学校里、曲社里都爱当配角、凑热闹。

祖母对于母亲看戏并不反对,可是做媳妇的总不能说我天天要看戏。看戏前母亲总不忘记到祖母前请晚安。我大弟宗和是长孙,他比我小五岁,晚上总在祖母面前请安玩耍。每次问我大弟:"你妈在家吗?"大弟总是认真地说:"在家,洗脚。"有一晚母亲奉祖母之命出门有事去。可是问大弟时,大弟仍然说:"在家,洗脚!"祖母大笑。所以母亲看戏,对祖母来说是公开的秘密。

我母亲三十六岁就去世了,丢下九个儿女,只留下人家给保存的戏装照片,后来又在大姐处找到这张照片,我保留到"文化大革命"时不见了。是我母亲给我种下看戏的种子。我今年七十五岁,从五岁算起,看戏看了整整七十年。

1982年

二次亮相

　　江苏省昆剧院来京演出,我因病只看了两三次。胡锦芳的两折戏就是二次亮相,一折是《玉簪记》的《琴挑》,第二折是《艳云亭》的《痴诉点香》。

　　亮相可以说是身段中的静止塑像,但偶尔也有动的亮相。亮相是中国戏曲的特殊形式。有多种多样的亮相。基本上在主要演员走上场到九龙口来一次亮相,表示这是一个角色;到下场也要亮相,演出过程中也有很多的小亮相。但是在出场时,二次亮相比较少见。

　　江苏省昆剧院的《琴挑》,陈妙常(胡锦芳饰)一出场,由下场角上场;潘必正(王亨恺饰),由上场角上场。不是传统方式亮相。而以动的背影,作为第一次亮相,使人有一种急欲观看庐山真面目的感觉。在两个背影到台中央时,才是真的第二次亮相,是二人相见时的正面亮相。很漂亮,胡锦芳的亮相很有特色。两个情人一转身，一对面，同时向观众亮相，脉脉含情，情意绵绵。王亨恺配合得恰到好处。这种亮相是有形式，但是又不拘于形式。

说起王亨恺，原是我们北京昆曲研习社的青年社员。他在曲社曾经跟陈颖演过《梳妆掷戟》，后来王亨恺到了江苏昆剧院。他们建院时，我看过王亨恺和俞振飞、张继青的《贩马记》，王亨恺的保童，气度不凡。1982年两省一市昆剧会演时，只看到他的一折《偷诗》，不见有什么特点。到了1983年全本《玉簪记》中的潘必正，很出色，想不到有很大的进步，演出丝丝入扣，层次分明。尤其是最后一场，救出陈妙常的张孝祥故意穿红帔，表示风流人物。潘必正疑心陈妙常做了张孝祥的姨太太，心里很愤慨。在见到陈妙常时，由愤慨变成妒忌，认为陈妙常变了心；陈妙常疑心潘必正变了心，只有张孝祥心里有数。我认为这是旧戏新做，结尾是有风趣的。可是因时间的限制，把我们听惯了的"长清短清"主曲《朝元歌》删去，对曲友来说有点扫兴。这首《朝元歌》是很典雅的曲子。

至于《痴诉点香》，胡锦芳的亮相很别致。这是清朝朱佐臣所作《艳云亭》中的两折。写肖惜芬以一弱女子避难装疯，沿途求乞，到一个算命瞎子的庙里，打听她未婚夫的消息，胡锦芳演假疯女，姚继荪演真瞎子诸葛暗。这两个角色出场亮相,不同于其他亮相。本来"亮相"中的"亮"字,主要是眼睛,瞎子就不能亮眼睛,他出场前在台里一声叫:"××,课桌摆好没有?"下场角内有人应:"摆好了。"诸葛暗左手抱着课箱,右手拿着一根竹竿出场。他的眼睛不但看不见台上的东西,也不能像看见台下的观众。眼珠儿呆呆地不动。一步一步稳稳地向前移动。这种亮相很特别,你说他没有亮相吧,他亮了相。台下人知道他是瞎子,说话的调子很低沉。他的手脚没有舞蹈的身段。

胡锦芳的肖惜芬上场第一次亮相是动的。她是一个装疯的小姑娘,双手高举和台内戏弄她的孩子们告别,一面招手一面说:"你们再来耍呀!"她眼看孩子们走远了。胡锦芳动的亮相已经做出来了。但是我觉得应做得更足一些。我记得我第一次("七七事变"前)看我四妹充和演《痴诉点香》的时候,四妹的二次亮相演得很足,她望着孩子们走远了,嘴里还在叫:"来呀!来呀!再来耍呀!"孩子们走远了,她收回了眼光,放下高举的双手,看交叉的双袖,看到她的衣衫又破又齷齪,摇头,有一个无可奈何装疯的亮相,同时也是装疯装得精疲力竭的亮相,然后双袖低垂,人几乎摇摇欲坠,这二次亮相是充满悲哀凄恻的眼神。这样一来,观众才知道,她是假疯。

这次,胡锦芳和姚继荪,一个真瞎,一个假疯,演来十分紧凑、精彩。昆曲青年演员后来居上,昆曲是有前途的。

说来《痴诉点香》有一个前奏曲。1934年四妹充和在青岛,由沈传芷为她拍《痴诉点香》的曲子。当她向传芷老师讨教身段时,传芷说:"我没有这折戏的身段,我老娘家(父亲)也许有。这时候沈传芷的父亲沈月泉还在苏州。传芷回苏州,果然把这折戏的身段,向父亲学来了,再教给四妹。后来沈传芷又传教了江苏昆剧院。

我很爱这折戏,这是一套南北曲合套的曲子。通常南北合套是女角唱南曲,男角唱北曲。《痴诉》这折戏是女角唱北曲,男角倒是唱南曲。女疯子唱北曲,表示高亢凄恻;真瞎子唱南曲,表示安静平稳。

由这两出戏的二次亮相,我想到《风筝误》中《惊丑》的二次亮相。

我看过多少次的《惊丑》,有华传浩、朱世藕等人的。我自己也和袁敏宣排过这折戏,我演丑小姐,我的初排老师是沈盘生,二排是华传浩,三排是徐凌云老先生。

剧目叫《惊丑》,丑小姐有丑的一面,也有不丑的一面。她毕竟是大家闺秀,虽不会做诗,但是念过《千家诗》,她的诗是《千家诗》第一句"云淡风轻近午天"。她的扮相有两种:一种是奇丑,不下于《照镜》(《望湖亭》)中的颜大麻子。

我想不合乎剧中人的身份;另一种一半是俊扮,一半是丑扮。华传浩的扮相是不吊眉,一半脸美,一半脸丑,我认为华的扮相最好。照例丑小姐詹爱娟以一张大红手帕遮面出场,到九龙口,第一次亮相,是半面美的很庄重,和一般旦角没有什么两样。给观众一看,丑小姐并不丑;再次用红手帕遮了脸,走到台中,放下手帕,亮的是抹黑的一面,也并不十分丑。可是小嘴那么一噘,来一个die脸,表示这位千金有点十三点。

我有个女朋友胡子婴(章乃器夫人),现已去世。她说:"詹爱娟勇敢主动追求男子不错, 不过她不好的是冒名顶替。貌既不扬,肚子里也无货。"她不知道那位戚公子也是冒名顶替的。这出戏京戏叫作《凤还巢》。

二次亮相在昆剧中不多见。但是其他剧目也有。尤其是女扮男装,男扮女装可以见到,譬如川剧中的《乔老爷上轿》,男扮女装,假新娘戴了盖头,在走路时,亮出男子的靴底,不是亮脸而是亮脚。我认为都是二次亮相,二次亮相表示剧中人两种不同性格。

我喜欢看二次亮相的戏。它表现的是复杂的人生。

1983年初稿　1998年修改

从《双熊梦》到《十五贯》

——半出戏救活了一个剧种

　　1956年《十五贯》的演出，轰动了全国，一时各个剧种争演。我有一次计算报上的戏剧广告，《十五贯》成了一百零五贯。人人、家家争谈《十五贯》，剧剧、处处争演《十五贯》。大有"家家收拾起，户户不提防"的味道。可是《十五贯》又是怎样整理改编的，据我所知其中颇有些可以给我们深思借鉴的道理。

　　《十五贯》原名《双熊梦》，朱素臣写的。朱素臣是清初人，苏州人。朱写了很多剧本，其中以《十五贯》和《翡翠园》最为有名，朱和同乡李玉合编过《清忠谱》，编过《北词广正谱》。李玉是当时苏州派的多产作家（《一捧雪》《人兽关》《永团圆》《占花魁》是他的代表作）。这一派人有：朱素臣二十四种左右，朱佐朝三十余种，李玉四十余种，张大复三十多种，叶稚斐八种，毕魏六种。

这一派戏曲家的作品,曲词通俗,在戏曲编排上改良。昆曲在这时候在苏州十分流行,对昆曲的发展很有影响,奠定了苏州成为昆曲第二故乡的地位。这以后昆曲逐渐推广到全国各地,最后到北京清宫来。《十五贯》也就不胫而走。

剧中因况钟梦见两只熊而得名,其实这个剧本是由话本《错斩崔宁》而来的,为了当时传奇的敷演,成了可以连台上演的戏。我在十四五岁时,看过传字辈全本《双熊梦》,剧也叫《十五贯》。根据全福班徐惠如吹的笛子,有十折:《杀尤》《皋桥》《审问》《朝审》《男监》《女监》《见都》《踏看》《访鼠拆字》《审豁》。不止十折,还分两次演出。有一二折演哥哥熊友蕙被冤枉的事。头一天到《男监》结束,戏剧推上高潮。第二天戏剧更是一步一步推上高潮,从《判斩》(已被从原文中删掉)就扣人心弦;《访鼠拆字》是高潮,群众揪着心;《见都》又是一次斗争,况钟领了签,做了保证,也叫人担心;从《踏看》到《访鼠拆字》叫人心服,才对这两人家兄弟、两家姊妹放了心;《审豁》则使人大快人心。

我们女孩儿家对这些"杀"戏真是有些害怕,也不怎么感兴趣,但还是流着泪不忍心地看下去。看到《男监》这一场,没有不为之痛哭失声的。这出戏之前是《女监》,写苏戍娟和另一个女的(友蕙的女友)在死牢里见面,互诉冤情,知道两人都为了熊氏弟兄而受屈。《男监》则是熊友兰、熊友蕙兄弟二人在死牢里见面,兄弟抱头大哭,这是惨绝人寰的戏。张传芳老师告诉我,他们传习所演这出戏的时候,他不过十二三岁,这出戏里没有他的角色,他总是坐在第一排,每演一次哭一次,哭得很厉害,足见感人至深。

《男监》中的演员一个是老生(哥哥友蕙),一个是小生(弟弟友兰),老生是施传镇(施桂林的儿子),小生顾传玠,那是传习所著名小生。我们都知道顾传玠的巾生戏,柳梦梅的风流潇洒,雉尾生的《连环记·小宴》和《梳妆掷戟》的吕布,都是拿手戏。人说"顾传玠的穷生戏演不好",我看他的熊友兰就不错。

浙江省昆剧团改编时,去了熊友蕙这条线,使它一线到底,是当时整编剧本的最好楷模。

我们常常说改编一个传统戏,要"留其精华,去其糟粕",我看也不是这样。当初很想办法保留《男监》,可是无论如何用不上,也只得割爱了。

大多数优秀的折子戏,是从整本戏中抽出的精华。可是《男监》就不能当作单独一折演出,没有前面兄弟的冤枉经过,兄弟二人为何要抱头大哭,岂不成了疯子。

王传淞老师说"半出戏救活了一个剧种",我认为很有见地。这说明传统剧目要改,有的戏改了几百年,成了现在的样子。不过改来改去,万变不离其宗,在改的问题上也是百花齐放,不然五十五折《牡丹亭》在今天不可能演出。《游园惊梦》是小改,重新安排了场次,杜丽娘一人唱的,改为春香和杜丽娘交替唱"袅晴丝",可是并没有把"良辰美景奈何天,赏心乐事谁家院""则为你如花美眷,似水流年"改去。

与其说改倒不如说删,《牡丹亭》五十五折改成了十折,《琵琶记》最长的戏成了十九折,《十五贯》也是十折,两天演出。两晚演出的戏改成一晚演出,到现在演出的传奇,所谓全本都只有半出戏。另外一种改法,以一个人物为中心,情节可连贯可以不连贯。昆曲有宋十回(宋江)、武十回(武松),京戏有王八出(王宝钏),如果这样《十五贯》可以来一个贯十回。

1983年4月19日

四妹张充和的昆曲活动①

　　上面的记录是美国耶鲁大学教授傅汉斯日记里的摘录。他夫人张充和(我的四妹)二十六年(1953—1979年)中在北美洲二十三个大学中演出、演讲昆曲。我请北京昆曲研习社曲友徐书城、李小蒸同志翻译了,当时没有发表,一耽搁就是四年。最近汉斯来中国讲学,我又想起了这件事。直至汉斯夫妇走的前一天(1983年10月30日),我和汉斯花了半小时,把译稿看了一部分,作了一些修正。

　　1980年以后的没有来得及收集在内,这四年中最重要的活动是参加一次《金瓶梅》曲子的演唱,由张充和演唱,其中没有谱,曲是由和谱的,由陈安娜吹笛。

　　在二十三个大学中, 只有一个加拿大著名的多伦多

---

① 此文是作者为《傅汉思日记摘录:充和在北美洲大学里》写的后记,题目为编者所加。——编者注

（Toronto）大学，有美国二十二个大学，其中六个是美国著名的"十大"中之六大，如耶鲁（Yale）大学、芝加哥（Chicago）大学、斯坦福（Stanford）大学、加州（California）大学、普林斯顿（Princeton）大学和哈佛（Harvard）大学。中国戏剧——昆曲在美国的大学里是有积极的影响的。

外国谈文学史，戏剧是其中最重要的部分，莎士比亚是最主要的课程。中国的大学里，文学史中的戏剧只轻轻带过去，不谈或者少谈，很难得在综合性大学开戏剧这门课程的。即使谈到戏剧，也只有谈到它文学的方面，很少有演出的机会。戏剧若不演出，就没有多大意思。

我认为不但是昆曲，就是京剧和其他优秀的地方戏也应该进入大学和地区大学。否则中国文学史就缺乏了重要内容。

四妹充和的昆曲活动，不是仅仅给美国大学学生欣赏的，而是配合中国戏剧的舞台实践。

我计算了一下，她演出过六本戏（《牡丹亭》《邯郸梦》《西厢记》《孽海记》《雷峰塔》《长生殿》）中的九折戏（五折是汤显祖的《学堂》《游园》《惊梦》《寻梦》《扫花》），尤以汤显祖的《游园》演出次数最多（21次）。

我国的汤显祖，是和英国莎士比亚同时代的世界卓越戏剧家。

学术性——她的主要演出和演讲先后两次，共两个月，以威斯康星应斯考特的邀请在美国大学中影响最大。在斯考特的《中国传统戏剧》里记录了充和的演出情况和美国人看充和的戏的反映和评价。例如："有人觉得……她也不像西方芭蕾舞那样，幻梦似的避开真实性，也没有西方哑剧一些严重的缺点，她利用手势加强语言和音乐，而不是取代语言和音乐……"最具有巨大戏剧冲击力方面，就是具有鲜明的"舞台价值"。使得他们对昆曲感到震惊，觉得他们自己的戏剧"有一种落后感"。

"自有笙歌扶梦归。"我四妹在美国度过三十五个春秋。有一段时期我们无法通信，1968年她在哈佛大学演出，那时正是我们的"文化大革命"。余英时教授赠她的诗中一首："一曲《思凡》百感侵，京华旧梦已沉沉，不须更写还乡句，故国如今无此音。"当我1978年参加江苏省昆剧院建院活动时，我写信寄了两首和余先生的诗给她。其中一首是"不须更写愁肠句，故国如今有此音"。她又复了两首诗，其中有"不须百战悬沙碛，自有笙歌扶梦归"、"不须白冻阳春雪，拆得堤防纳众流"。因为余一首、我二首、充和二首诗都有"不须"两字，我们叫它"不须曲"，充和的两首"不须曲"中说明了四妹对祖国昆曲的忠诚和热爱及她一个人为昆曲百战在美国的沙碛上。

最近她回国来,回娘家来,参加了我们北京昆曲研习社的一次中秋曲会。她也提到她的两个"不须","自冻……纳众流"。她认为昆曲原来是"纳众流"而成的,现在衰落了,要振作起来还是要"纳众流"的,她的想法我想是正确的。"纳众流"要把各种戏曲,甚至于话剧的优点吸收过来,昆曲才不至于僵化,才能够发扬它的优秀传统。她的"百战悬沙碛",我的了解是,她对于宣扬昆曲,开始是孤军奋战,不,而是一个人战斗,最初几次演出时,自己先录音笛子,表演时放送,化装更麻烦,没有人为她梳大头,就自己做好"软大头",自己剪贴片,用游泳用的紧橡皮帽吊眉,这是在"沙碛"上的奇迹。到后来,海外老一辈昆曲家如项馨吾,著名语言学家李方桂、徐樱,年青一代有李卉、卜赵如兰、陈安娜,还有充和的女儿傅爱玛,爱玛能演二十来折戏。充不但培养她唱曲、演戏,还教她吹笛,爱玛第一次登台时只有九岁。母女二人有时你吹我唱,有时我唱你吹,很是有趣。三个据点上项馨吾、李方桂、充和。

还有美国曲友宣立敦。宣立敦曾来中国,见到沈从文时说:"在台上我是张充和的老师(《学堂》),在台下充和是我的老师。"原来宣立敦先生是耶鲁大学充和的中国戏剧的研究生。

二十年来，百战沙碛，在北美洲的大学里播下了中国昆曲的种子。

可惜的是她这次来得匆匆，没有看到更多新近的昆曲演出。只在南京看到一次张继青的演出，希望她下次来时，多多参加国内昆曲的活动。

1983年11月3日

美国归来话曲事

我在1984年10月随同周有光去美国。他应美国"大不列颠百科全书社"的邀请访问后，又访问了美国六个大学和联合国，到了十一个城市。我呢，只到两个城市，西岸屋仑（Oakland）元和大姐处，东岸纽黑文（New Haven）充和四妹家。

我们姐妹们见了面，谈不完的家常，讲不尽的曲事。大姐和我阔别了三十多年。她老了，我也老了。可是一谈到儿时被父亲关在他的小书房里，请尤彩云拍曲子、搭身段的事，还是眉飞色舞，仿佛回到儿时。那书房外的小院子里，太湖山石上的芭蕉，在我们眼前依然很青翠。我和四妹两个人在她家小饭厅里，一壶红茶、几块点心，往往海阔天空、娓娓不停地谈到深更半夜，要不是怕闹了两连襟，会无了无休地谈到天明。

1985年2月回到北京,我作了一个小结:

一、收集了家史和先父(张武龄)事迹、曲事和儿歌谜语等八百条左右,其中近三百条是昆曲。

二、拍了一百多张剧照,是用大姐、四妹创造的"软头面"化装的。我和大姐的《游园》,那些身段是尤彩云教的,大姐还记得,也有些身段是大姐、四妹加过工的。又为我拍了《学堂》的【一江风】和《惊丑》【剔银灯】的身段。

三、收集了一些曲人的照片,有戏装的,也有便装的,有两张照片,一是传芳、传浩的《下山》,二是传瑛、传芳的《惊梦》,另有传玠的便装照片等二十多张,其中顾传玠个人的十四张,最精彩的是传玠和传茗的便装合影,真像小两口儿。

四、取得一些昆曲的录音带,其中以王定一先生由唱片转录传玠、传茗的最为珍贵。

五、发展了美国曲友十人:李方桂、徐樱、李林德、王定一、楼惠君、张惠元、张元和、张充和、陈安娜和凌宏。

六、李世瑜、胡忌、四妹和我曾在充和家谈到组织美国昆曲研究会事,但如何组织尚无头绪。

七、唱曲六次:四妹家三次,有安娜、胡忌、四妹和我,我听安娜吹笛,四妹唱"花花草草""生生死死"时,我便"酸

张允和与周有光"花间共读"。

酸楚楚"哭了。她们愕然,我却消了数十年的烦恼和积困;在李林德家两次,其中一次,用我带去关德泉先生的笛子录音,因此大家都能唱了,虽然林德能吹笛,唱得很过瘾;最后一次,是在赵乃凯、张惠元夫妇家,唱了《佳期》的十二红,没有笛子,大家唱得荒腔走板,笑不可抑。这天正是有光七十九岁的生日,宾主尽欢而散。

两天后,1985年2月10日, 我们愉快地结束了美国之行。我相信昆曲这支兰花将在世界上更多的地方开放,这"九畹之芳"会万里飘香的。

1985年6月18日

不须曲

　　我们不敢唱昆曲,连笛子也没有人敢吹,已经有十四个年头了。1978年春天,江苏省昆剧院在南京成立。第一天演出,我坐在小剧场的第八排。

　　曲子是那般悦耳动听,身段是那般美妙婀娜,使我过去十年铅样重的心,一下变得轻松了。我抛却了十年的悲惨世界,像插上翅膀飞入了童话中的神仙世界。我飘飘然,心口又甜又酸又有点苦。我偷偷摘下眼镜,揩拭腮边的眼泪,是苦水,也是蜜水。

　　一句"梦回莺啭"(《游园》第一句),唤醒了我六十年前童年的梦。记得那年大年初二,家里人多。新年有很多玩意儿。我和大姐元和喜欢"掷状元"。可我爸爸反对赌博。他把我和大姐叫到他平日里不让我们进去的小书房里,用花花衣服和上台唱戏引诱我们。我姐妹俩就乖乖地跟尤彩云老师(全福班唱旦的)学《游园》的曲子和身段。

小书房里明窗净儿。一套笨重的紫檀家具。满屋书籍,四壁字画。我们毫不理会。我有兴趣的是小书房外的一个小小院落。其中的一座太湖山石上,种着芭蕉。我喜欢那棵青翠的芭蕉,它在春夏之际,更青翠得可爱。我母亲的书房和我父亲的书房当中就是这芭蕉院子。直到现在,我记忆中的芭蕉还是那般青翠,像王维画里的"雪中芭蕉",永远翠生生的——王维没有画错。

在南京,第一天我看完戏,已是黄昏,回到四弟宇和苜蓿园的家。夜色迷蒙中,我觉得苜蓿园是"姹紫嫣红开遍"。春天,春天毕竟来了。四弟给我一封美国四妹充和寄来的信,信上说,几年前"有人"在她演出《思凡》之后,送她两首诗,其中一首是:

　　一曲《思凡》百感侵,京华旧梦已沉沉。
　　不须更写还乡句,故国如今无此音。

我不以为然,和了"有人"两首诗:

　　十载连天霜雪侵,回春箫鼓起消沉。

不须更写愁肠句,故国如今有此音。

卅载相思入梦侵,金陵盛会正酣沉。
不须怕奏阳关曲,按拍归来听旧音。

我回到北京家里,很快就接到四妹的信,信里有两首诗。"答允和二姐观昆曲诗,遂名曰《不须曲》":

委曲求全心所依,劳生上下场全非①。
不须百战悬沙碛②,自有笙歌扶梦归。

收尽吴歌与楚讴,陌年胜况更从头。
不须自冻阳春雪,拆得堤防纳众流③。

有一天,万枚子先生寄来两首诗。"读允和姐佳作《不须曲》,奉和两首,并希哂正":

————————————

① 在美演剧无上下场。——著者注
② 充和前后在二十三所大学演唱昆曲,甚为辛苦。——著者注
③ 充和给叶某诗有:"但求歌与众,不解唱阳春。"——著者注

114

忘却十年罹梦侵,波涛四涌几浮沉。

不须俯仰人双劲,一曲高歌济世音。

依旧阳春白雪讴,民生国计上眉头。

不须铅粉添英气,吟尽古今天地流。

我后来又和了"有人"一首:

闻歌《寄子》泪巾侵,卅载抛儿别梦沉。

万里云天无阻隔,明年花发觅知音。

这首诗也是在南京看昆曲引起的。我坐在第三排下场角,左手坐的是俞振飞先生,右手坐的是刚从美国回来的项馨吾先生。我正看到包传铎、包世蓉父女演出《浣纱记》的《寄子》,忽然感觉项馨吾老先生哭得伤心。我吓了一跳,问项老:"怎么啦?"项老抽噎说:"我去美国。把儿子斯伦寄在上海三十年,三十年!"项老泪痕满面,我握着他被眼泪弄湿了的手。台上正演到伍子胥的儿子晕倒后苏醒,几声哭叫"爹爹在哪里?"台上台下哭声相应。我也陪着流泪了。散戏时,在门口遇到项斯伦,看来还没有三十岁。项老为我介绍。我一看,笑了:"长得很像年轻时候的朱传茗。"项老也笑了:"可是他一句昆曲也不会唱。"

我把《不须曲》寄给南京的谢也实先生,我是在南京小剧场第一次认识他的。那天,坐在我右边一位先生满口扬州话。扬州是我母亲的出生地,和镇江一江之隔。我们相互请教姓名之后,我告诉他:"1937年7月1日,我们曾在镇江江苏省立医院成立十周年纪念会上演过昆曲。"谢先生说:"不错,确有其事,就是我父亲主办的,我的弟弟还记了日记。"

当时有一个小插曲:我儿子小平,那时三岁,让保姆钟妈带去看戏,坐在第一排。那天我演《游园》中的春香,一出场,小平指着我大嚷:"妈妈!"观众大笑:怎么叫这小姑娘"妈妈"!抱小平的钟妈说:"真是他的妈妈!"

谢先生很快回了诗两首:

何期一曲识知音,提起京江丝竹情。
白发红颜惊梦里,莺声犹绕牡丹亭。

点点秋霜岁月侵,京江旧友几升沉。

鱼书寄语天涯客，莫负天波赏佳音。

另有一首是胡忌先生写的，他是我的昆曲师兄弟。我那时住上海山阴路东照里，胡住山阴路恒盛里。由赵景深先生介绍，他到我家跟我的老师张传芳学昆曲。他二十多岁时写了一本《宋金杂剧考》，现在他正在美国研究昆曲史。诗中"平桥"就是苏州我的娘家所在地。胡忌诗步我四妹的韵，如下：

俚曲俗词无所依，狂歌醉草是邪非。
年来百物催霜鬓，唯愿平桥踏月归。

要解开"有人"的谜，且看当年(1978年)11月17日我的日记：

我向不送往迎来，今天破例去送傅汉思(四妹充和的夫婿，洋人，耶鲁大学东方语言文学系主任)，同去送行的有周有光和张之佩。我们是下午两点三刻到了飞机场，三点半到了接待室，见到刘仰峤、夏鼐等人。四点半，汉思最后来，他在外面找我们，不知道

117

1935 年，初为人母时的张允和。

我们已先被接待了。汉思是美国汉代文学代表团的副团长，他介绍了他们的团长余英时教授。我就坐在两位团长的中间，和余团长讲了不到十分钟的话，他们就上飞机了。

余英时教授一见到我，说我很像四妹。我说："我今天一半来送汉思，一半来拜望您！我知道您太忙，在您访问的时候，不敢打扰。"他说："是的，我在来飞机场的汽车上就睡着了。"我说："我糊里糊涂和了您三首诗，直到今年8月四妹充和回来探亲时，才知'有人'就是您，我真是胆大妄为！"他说："那是十年前——中国'文化大革命'时——写的，您的诗和得很好。"他又问："您是老几？"我告诉他，"我是老二。老三兆和，她的丈夫是沈从文；今天他们派儿媳来送汉思。"我介绍了他们的儿媳张之佩。余教授又问："近来写诗没有？"我笑了："我十年写不上十首诗，我不会做诗，四妹能写。近来我写了一篇《全福班走江湖》，已交汉思带给四妹，请您指教。"

八年之后，我又收到第十二首《不须曲》，是扬州曲社郁念纯先生写的。"次韵允和先生《不须曲》，敬奉郢正。郁

念纯呈稿,1986年3月":

> 九畹才苏暴雨侵,钧天广乐十年沉。
> 不须重话昆池劫,梁魏于今有嗣音。

《不须曲》的首创者是哈佛大学—耶鲁大学的余英时教授。和者络绎,这是国内外昆曲爱好者谱写的心声,道出对祖国昆曲艺术的关心和希望。愿昆曲艺术传之后代,愿兰花香溢海内外。

1985年8月12日

一介之玉顾志成

从花蕊讲起

1946年，我们一家从四川回到上海，住在我大姐和姐夫顾传玠家里。顾传玠是他的昆剧艺名，后来叫顾志成①。

有一天，我看见我的大姐夫顾传玠在桌子上细心地、一本正经地研究一朵花。我问他："你在做什么？"他说："我在数花芯中有多少雌雄花蕊。"我大笑，他说："二妹，你笑什么！做研究工作，一定要做到花芯里。"我恍然大悟，原来他是金陵大学农专毕业的。他对学习是那么用心，因此我想到他对昆曲是非常爱好，也是十分用心学习的好演员。

---

① 顾志成：原名时雨，艺名传玠，志成是他离班后求学时自取的名字。——著者注

对顾传玠的昆曲艺术有口皆碑，不必由我叨唠，我只能写亲眼看过他的四出戏，与众不同的表演。

《十五贯》里《男监》一折中的熊友兰

《十五贯》的演出，大家都说："一出戏救活了一个剧种。"可是王传淞老师对我说："不是一出戏救活一个剧种，是半出戏救活了一个剧种。"传淞老师说得不错。过去《十五贯》又叫《双熊案》，是写熊家兄弟的遭遇故事，演出要两天，我在十四五岁看过。《十五贯》当中最令人感动流泪的一出戏是《男监》，写熊友蕙和熊友兰兄弟在监狱相遇惨绝人寰的场面。演弟弟的熊友兰就是顾传玠。那时他不过十五六岁，我这个小女孩，看这出戏时觉得这两弟兄真是太可怜了。

兄弟俩都知道他们已是被判决死刑的人，真是一对难兄难弟。我直看得惨、惨、惨！

张传芳老师告诉我，这出戏他没有演过。每次演出时他都坐在第一排观看，演到《男监》时他总是哭得十分厉害。你看，同班同学也是演员，明明知道是假的，还是那么激动。

《十五贯》是一出双线的昆剧，后来就不见演出，这出《男监》当然更不必说。精彩的《男监》再也见不到了。我希望有一天《十五贯》可以重见天日，纪念我的大姐夫顾传玠。

《牡丹亭》里《拾画叫画》中的柳梦梅

我在光华大学念书时，国文老师童伯章（斐）教我唱一首曲子，就是《拾画叫画》中《好事近》的"则见风月暗消磨"。

当时大世界正在演出《牡丹亭》，但是只演到《冥判》，就没有下面的《拾画叫画》了。光华大学的女同学会有一个昆曲组，我建议写一封信给顾传玠，请他演一次《拾画叫画》，果然如意。演出那天晚上，我们邀请几位爱好昆曲的男同学和我们几位女同学，叫了几部出租车，浩浩荡荡去了大世界。大世界里面的剧场很小，座位不到一百个，看客多是知识分子，场里特别安静，这出戏要演一个多钟头，是汤显祖《牡丹亭》中的第二十四出《拾画》和第二十六出的《玩真》合并的一场戏，也是巾生的独角重头戏。

顾传玠出场的一句引子"惊春谁似我"就抓住了我。

1946 年,张允和与周有光在美国。

他不但唱得好，身段十分优美，而且书卷气十足。下面唱到《好事近》的"则见风月暗消磨，画墙西正南侧左，苍苔滑擦"时，把我吓了一跳，以为柳梦梅真的要滑跌了。

拾到了杜丽娘的画儿时，起初他想这是观音佛像，带回到自己屋子好好供养。下面就是《叫画》。展开了画像再看又像是嫦娥，可又不是，最后才知道是他梦中的情人。顾传玠交代得清清楚楚。台下人都全神贯注地仔细听、仔细看。发现这就是他梦中的情人，情人题诗上说"他年若傍蟾宫客，不在梅边在柳边"，他的名字就是柳梦梅。

最精彩的是三声呼唤："小娘子、姐姐、我那嫡嫡亲亲的姐姐。"

"小娘子"还是外人；姐姐是亲人；我那嫡嫡亲亲的姐姐，就是真的亲人了，惊心动魄。《叫画》到了最高潮。这是巾生戏，我们看完了这场戏，大家都极高兴，好戏、好戏、难得看到的好戏。我跟大家说："这三声呼唤真的把杜丽娘叫活了。"顾传玠的柳梦梅也永远活在我们心里。

《凤仪亭》里《小宴》中的吕布

过去我住在上海虹口东照甲，隔壁住的一位教授钟

125

山先生,他对顾传玠的《凤仪亭》戏中的《小宴》特别爱好。他对我讲:"人人都说顾传玠的巾生戏好,他演的吕布,头上翎子耍得更好,是有口皆碑的。就是脚下的 '虎步'也好。"钟山先生说:"表演一位大将的风度与貂蝉谈情说爱时翎子要耍得美。"

1986年,纪念汤显祖逝世三百七十周年,大百科出版社的姜椿芳先生,让我邀请我的大姐元和、四妹充和从美国回到北京参加演出。我和大姐拜访姜椿芳先生时,姜先生谈到传玠时说:"我当时在上海做地下工作,跟传玠常常见面,还在顾家吃过饭。他的翎子耍得真好,他说,'我是用一个小酒杯放在下颚练翎子功的。'"大姐说:"我还没有听他谈这件事。"

钟先生、姜先生所说的顾传玠演吕布时的精彩表演,我也见到过。他用头上的翎子谈情说爱,耍得十分动人;他脚下的"虎步"显示他的大将风度,也真是妙极了!

《太白醉写》中的李白

在江苏唯亭,有一次,传字辈演出,那时顾传玠已经离开剧团,在东吴大学附中念书,和我的两个弟弟是同学。

这次顾传玠也去看戏捧场。

父亲带我们去看戏。大家都觉得传玠只当看客不行，两个弟弟拉他到后台说："今天你得上台，不上台我们不答应。"他没办法，只好到后台化装，演《太白醉写》中的李白。不是小生，是有胡子的角色，我还没有见过传玠演这样的戏。

因为化装配戏，所以这出戏是最后演出。一开幕是满台人物：唐明皇、杨贵妃、高力士和宫娥彩女们。大家都想李白怎么还不出场，好了，台上高力士一声"宣翰林李白上殿"，我想顾传玠的李白该出场亮相了。可是不见人，只听幕后的一声"领旨"，一时满台都是酒香。

"领旨"两字是醉音，不是普通人用的胡言乱语的醉话，而是一位高人雅士的醉话。普通是上台亮相，而"领旨"是台后亮相，表现出场人物是什么样身份。顾传玠演来令人叫绝。这"领旨"两字够我对他的一辈子的无比怀念！

尾声

我的这篇文章，也是"领旨"。

大姐来过两封信，要我写一篇纪念传玠的文章供《顾志成纪念册》刊载。我呢，有一年没有写文章，原因是身体不太好。这是大姐的第二次"圣旨"，不得不写，但也是应该写的。向大姐"谢恩"，祝大姐健康长寿！

我只写了我看到的这四出戏，这只是他研究花中许多花蕊中的四根花蕊。其他的多少根花蕊，有许多老曲家、老曲友会写到的，多么香甜又美丽的花蕊。

同舟共济

——哭铨庵

铨庵,你听我说,我没有来看你最后一面,我不忍心见你最后一面,我要永远保留你在舞台上杜丽娘美丽的形象。丽娘死而复生,而你一去不复返,永远不会回来吗?不,会回来的。你的丽娘的影子将在曲社青少年中重现,我和孩子们将永远怀念你!

这时候,正是为你举行遗体告别仪式的时候,我却一个人在家中,默默地泪眼模糊地向你话别。

铨庵,记得吗?1966年《十五贯》到北京演出后,我在俞平伯先生家见到你。后来我们五个人(俞平伯先生、袁敏宣、许宝骙、你和我)到北海庆霄楼,北京市王昆仑副市长请我们喝茶,文化部丁西林副部长请我们在仿膳午饭。我们大谈组织北京昆曲研习社的事。从此我们朝夕与共,患难相扶。我们一同排遣苦恼和困难,我们也一同享受演出的成功而高兴。我们有时为了细小不同的意见争得面红耳赤，我们有时又以为我俩是"英雄所见、大抵相同"而拥抱欢呼。在后台你问我眉毛吊得合适不合适，在前台我向你介绍南方曲友而握手言欢。我们度过了甜酸苦辣的日子，在舞台上这样，在人世间也一样。

1957—1959年中，我们排练了华粹深先生缩编的全本《牡丹亭》，这是中华人民共和国成立后第一个全本《牡丹亭》的演出。剧本里有四十三人次，连音乐工作人员，不下六十人，请了四位"传"字辈(朱传茗、沈传芷、张传芳、华传浩)来导演。

我们的全本《牡丹亭》有《婚走》《杖圆》两折，是在以后其他的全本《牡丹亭》所没有的。我个人偏爱《婚走》一折，虽然不过是六七分钟的过场戏，只有四个角色：我的石道姑站在船头上，袁敏宣二姐的柳梦梅和你的杜丽娘在船舱里，船尾上是王剑侯的船夫。这折戏我们排了上百次，真是"台上五分钟，台下三年功"。

汤显祖在这一折戏里，有许多警句。如杜丽娘还魂后说："将养数日，精神旺相。"可是柳梦梅要求她"便好今宵成配偶"，丽娘却说"恹恹还自少精神"。我配演的石道姑反驳说："你刚才还说精神旺相呢！"丽娘又说："必待父母之命,媒妁之言。"柳梦梅说你做鬼时,我们已成了亲。丽娘郑重其事说:"前夕鬼也,今日人也,鬼可虚情,人须实礼。"汤老在这几句上,道尽人间的虚伪和封建的束缚。要不是怕陈最良发现掘坟,丽娘还不肯草草成婚,连夜坐船上临安。船上的"新婚佳趣",使丽娘最后说"今日方知人间之乐"。他们是一对冲破阴阳世界的生死不渝的美满姻缘。

我们四个扮演者都是快到五十岁的业余曲友,又没有基本功,要四个人在台上走一条船的圆场,真是谈何容易。第一,四个人要保持一定的距离。第二,四个人要走一条直线。第三,四个人要配合摇船的左右摆动的身段。我跟船夫(王剑侯)的身段容易些。舱中的柳、杜二人又唱又做,真难为了敏宣和你。

导演这折戏是华传浩老师,他一本正经地排戏,一点儿不像他演小丑那样滑稽,我们也够听话。华老师说:"哟,船断了!""石道姑栽到水里去了。""船摇东来你往西。"……

《婚走》总是晚上最后排。晚了,我常吃人民教育出版社宿舍大门的闭门羹,只好在敏宣家沙发上过夜。

我们"同舟共济"的四个人,袁敏宣在1974年去世,王

131

剑侯在1983年去世,现在你又永远离开了我,只剩下八十岁的我孤零零地站在船头上,我是多么的伤心。

我不但怀念我们一条船上的三位曲友,我也怀念《牡丹亭》的编者和导演——华粹深和华传浩。

1990年是汤显祖(1550—1616年)的四百四十周年诞辰,我很想看到曲社的中、青、少年再演全本《牡丹亭》,这是对已故的曲友最好的纪念。

铨庵,安息吧!你的遗志,孩子们会继承下去的!

1988年11月22日初稿　1989年1月1日再稿

曲谜传友情

引子

我年老多病，好久没有参加北京昆曲研习社的活动了。从1992年到1995年，连续四年，我每年邮寄十个曲谜，向曲友们贺年拜节。

意难忘

下面是四次的四十个曲谜：

第一次十个曲谜：

1.曲园家住禄米仓(曲人)

2.梁祝相会剧(曲人)

3.子陵到子牙水边垂钓(曲人)

4.吾皇万岁(曲人)

5.文辞第一佳妙(曲人)

6.姜太公在此(曲人)

7.纷纷鹅毛飘扬(曲人)

8.伯喈是君子(曲人)

9.汉语热(曲人)

10.朱复录(剧名)

谜底:1.俞粟庐,2.楼宇烈,3.严渭渔,4.谢锡恩,5.章元善,6.胡忌,7.洪雪飞,8.蔡正仁,9.华文漪,10.《双红记》。

第二次十个曲谜:

11.囍(剧名)

12.鲲冲万里(曲人)

13.寻子(剧名)

14.洋娃娃(剧名)

15.突(剧名)

16.七夕相会(曲牌)

17.忸怩(剧词)

18.台有四角(角色分类)

19.艳(剧词)

20.皆大欢喜(曲牌)

谜底:11.《双官诰》,12.俞振飞,13.《访鼠》,14.《番儿》,15.《狗洞》,16.鹊桥仙,17.男有心来女有心,18.生旦净丑,19.姹紫嫣红开遍,20.天下乐。

第三次十个曲谜:

21.劝君更尽一杯酒(曲牌)

22.酒卮中有好花枝(曲牌)

23.万里送行舟(曲牌)

24.女孩儿家没半点轻狂(曲牌)

25.剔银灯(曲牌)

26.三千钟爱在一身(剧名)

27.一枝红杏出

28.收天下兵器聚于咸阳(剧名)

29.沉鱼落雁,闭月羞花

30.弄粉调朱(剧名·曲牌)

谜底:21.倾杯乐,22.倾杯玉芙蓉,23.一江风,24.端正好,25.光光乍,26.《独占》,27.《花荡》,28.《刀会》,29.惊艳,30.描容·点绛唇。

第四次十个曲谜:

31.赤壁鏖兵(曲牌)

32.与众同乐(曲牌)

33.知识分子座谈会(曲牌)

34.孔夫子哭弟子(曲牌)

35.千呼万唤始出来(曲牌)

36.若共你多情小姐同鸳帐,怎舍得你叠被铺床(曲牌)

37.怎禁他临去秋波那一转(曲牌)

38.头脑简单(剧名)

39.向群众调查(剧名)

40.酒阑人散(剧名)

谜底:31.满江红,32.快活三,33.集贤宾,34.泣颜回,35.声声慢,36.念奴娇,37.眼儿媚,38.《思凡》,39.《访普》,

40.《罢宴》。

传友情

首先,我要提到的是上海陆萼庭先生。他对我的第二十一个曲谜,谜面和谜底中都有"杯"字,觉得不妥(谜面"劝君更尽一杯酒";谜底"倾杯乐")。原来我把"杯"和异体字"盃"糊里糊涂作为两个字。陆萼庭先生来信说:"'倾杯乐'的谜面最好用《刺虎》中一只虎的白口,'干,好快活,好快活!'徐凌云为项馨吾配一只虎如此。如依曲本,则为'干,喜煞人也',也可。不知尊意以为如何?"

我当即复信,感谢他的指正。信后,在署名允和前写了一个字谜:"二人行必有我师"(徒)。很快,萼庭先生来了复信:"您的二人行必有我师的字谜,正是妙极了。上初中的时候,有位长辈知道我喜欢看戏,就说考考你,'总是小生的不是',打《孟子》一句。我对《孟子》不熟,先就心慌了,马上交了白卷。原来谜底是《孟子》上的'平旦之气'。"

其次,我们北京曲友樊书培先生,他两次来信,特别夸奖我。书培先生1994年12月的信:"奉赐贺节书及曲谜,无任欣喜。以谜会友,以谜贺节,而均不离曲,诚属创举。且持续四年,更为难得,似可载入吉尼斯大全。弟不揣鄙陋,回奉五则。量仅一半,质更差之千里,续貂之作,以博一笑耳。"樊先生的曲谜如下:

1.行来旖旎身不定。(《亭会》句,打曲牌一) 步步娇

2.别了他,常挂心。(《琴挑》句,打曲牌一) 意难忘

3.和尚我的爹爹。(《下山》句,打曲牌一) 秃厮儿

4.卖油郎等着花魁女。(打曲牌一) 醉扶归

5.少年杂技。(打曲牌一) 耍孩儿

他信中请我选若干曲谜,编入《社讯》。朱复先生又说,可以把四十个曲谜,全部编入《社讯》。

朱复先生和宋铁铮先生提出意见,第三十二条曲谜,"与众同乐",打"快活三",不是三个人,有我在内是四个人。应该改"众乐(yue)乐(le)"。铁铮先生还说,第三十四条"孔夫子哭弟子",太俗了。

大多数曲友写信打电话,大大夸奖我。吴新雷先生来信:"你的'知识分子座谈会',打《集贤宾》,'向群众调查',

打《访普》，真是神思妙绝。"

孔相如女士信中说："谜面谜底如此天衣无缝，足见张先生深厚的古典文学功底。"我的毛病是喜欢人家夸我，但是如果有人批评我、指正我，我更高兴。

尾声

严渭渔先生非常欣赏我打他的名字谜"子陵到子牙水边垂钓"。我们住得很近，时有来往。严先生拿来一个剧谜（不知是谁做的）：谜面"大哥大"；谜底"奇双会"。我认为这个剧谜，做得极好。这样，我的曲谜不免逊色了。

希望我在来年能再献给曲友十个曲谜。

1995年4月5日

人得多情人不老

——纪念俞平伯先生和夫人许莹环

画眉序

　　我的梳妆台上,有一个粉紫色的长方形塑料盒子。这是四十年前俞平伯夫人许莹环大姐送我的, 那时候塑料这玩意儿还很稀奇。四十年来,我天天清晨梳妆,必须由这个盒子里取梳子,梳理我的白发,时间过得真快,我也是八十七岁的老奶奶了。

　　我家的前门在朝阳门内南小街, 大门的斜对面就是老君堂,是俞老的故居。这是我四十年前三天两头常去的地方。俞平伯夫妇的画眉居和我们的画眉居,相距只有两百米。斯人已乘黄鹤去,只有望"堂"兴叹,再也不能去老君堂了。

沽美酒

　　1959年10月8日，是个好日子。天安门广场上的人民大会堂举行第一次国宴。这是一次不平凡的宴会，有五百桌客人。他们都是参加国庆会演的全国戏剧团体。我们的北京昆曲研习社，参加了这次宴会，是唯一的业余戏剧团体。我们曲社参加宴会的是俞平伯社长和我，我是联络组长（俞先生出席宴会，总是捎带着我）。这是我们北京昆曲研习社参加全国戏剧会演的一次盛大的宴会。

　　我们曲社参加的剧目，是由华粹深整编的汤显祖的全本《牡丹亭》，最后由俞先生修订，是中华人民共和国成立后第一个全本《牡丹亭》。

　　北京昆曲研习社在1956年8月成立。成立不久，华粹深先生就着手整编《牡丹亭》。三年中，多次排练、多次修订，才搬上了舞台。

　　1959年，曲社社员不到百人，可是三分之二的人参加了工作。主要演员是：袁敏宣的柳梦梅、周铨庵的杜丽娘。次要演员有：范崇实的杜宝、伊克贤的杜母、十二岁许宜春的春香、我的石道姑等人。不谈主要演员排演的次数也罢，

1989 年,张允和与周有光共祝俞平伯先生九十大寿。

就是一折《婚走》,只有四五分钟,袁敏宣、周铨庵、单耀海和我四个人,排练了一百次以上。我们每到星期六晚上,就在和平门陆剑霞家排练。有时候排到晚上11点钟。我住的人民教育出版社关了大门,我只得住到北池子袁敏宣家。

好姐姐

我们曲社有八位大姐,她们是:许宝驯、许宝骒、陆剑霞、袁敏宣、伊克贤、苏锡龄、郑缤和我。许宝驯(号莹环)是俞平伯先生的夫人,可是这许多小妹妹没有一个人称呼她俞太太或俞师母,我们都叫她大姐。大姐对我们好得很。我一星期最少要去老君堂两次。有时候就毫不客气地坐下来吃饭。大姐总是热情招待。

有一年夏天,我的大弟张宗和由贵阳来。我和有光带大弟一同到老君堂开社务会议。这些委员们大吃大喝了一顿。下午忽然雷雨交加,来势十分凶猛。雨还没有停,客人大多走了。大姐留下了我和大弟,还有有光,要我们三人等雨停了再走。雨老不停,只好又吃了晚饭。好不容易雨停了,我们正预备走,可是有人告诉我们:"外面水有两尺多深，汽车、电车都不通。"这下我们急得不得了。大姐说："急什么，今晚就在我这儿将就睡一晚，好在是夏天。"我们三人在沙发上、藤椅上度过了一宵。

意难忘

我最难忘记平伯先生和莹环大姐，他们无论是为人，还是做学问，研究昆曲，都让我钦佩得五体投地。平伯先生写的曲社章程，到今天还是我们曲社的规范。

我是曲社的联络组长，可是也做一些文书的工作。譬如编《社讯》、写说明书、写新闻稿、写普通来往信电等。我写的这些小稿子，都让平伯先生过目，他都仔细看过、改过。我们每一次演出的说明书，他都要我查这折戏是哪一个朝代、哪一个作家，万一查不到姓名，不可不查清朝代，姓名要写上无名氏。

平伯先生不但是我们曲社社长，也是我的最后一位循循善导的老师。我的一些杂文、歪诗，好多都经过平伯先生改过。平伯先生是我的恩师。

社委中有一位许世箴老先生，也是我的老师。世箴先生在我改写的现代戏《岗旗》上，对我用曲牌写曲子，给了我80分。我在北京曲社先后工作了十六年,也是学习昆曲的最好的年代。平伯先生和世箴先生都已经作古,他们对于昆曲的贡献是不朽的,也是我们学习的榜样。

尾声

我们在北京昆曲研习社度过了四十个春秋。虽然有十五年的停顿,曲友们群策群力、团结一致,一面学习,一面工作。我们要继承昆曲先驱者的脚步不停地向前走!

1996年10月6日

风月暗消磨，春去春又来

五十五年前，我在上海光华大学念书。我们女同学会有一个昆曲组，请童伯章教授教我们昆曲。他教的第一支曲子《牡丹亭·拾画》的第一句是"则见风月暗消磨"。伯章老师那时已须眉斑白，他眯缝着眼，微微摇头，一板三眼替我们击拍子。这神态今天还在我的眼前。

女同学们都想看看舞台上的《拾画叫画》是怎样的。那时，仙霓社正在上海大世界演出。顾传玠常常和朱传茗合演《惊梦》。有时演所谓全本《牡丹亭》，但也只演到《冥判》，不见演《拾画叫画》。我的大姐张元和同我一道，还有几位女同学，冒冒失失地写了一封信给顾传玠，请他唱《拾画叫画》，果然如愿以偿。

大世界是流氓横行的地方，大学生很少去光顾，尤其女学生不敢去。我们邀了几位男同学做保镖，叫了出租汽

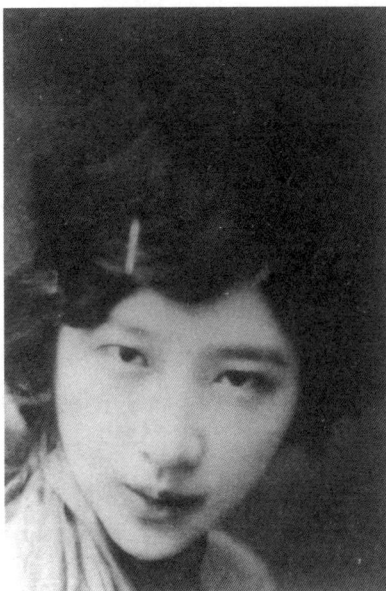

1932 年,大学时代的张允和。

车,浩浩荡荡去看《拾画叫画》。仙霓社在大世界三楼一间大厅里演出,进门要另外买票。舞台很小,照明也差,座位一百多,还常常坐不满。

顾传玠出场了。场子里是那么安静。观众屏声息气,听柳梦梅婉转悠扬、回肠荡气的歌声。顾传玠把汤显祖笔下的那个柳梦梅演活了。

五十多年过去了,这次我看了浙江昆剧团汪世瑜的《拾画叫画》。戏在北京第一流的人民剧场演出。舞台很大,灯火辉煌,一千几百人的大场子坐得满满的。这气派大大胜过了从前。

汪世瑜出场了,一句引子"惊春谁似我",就抓住了观众。场子里也是那么安静。一千人的安静跟以前一百人的安静,在意义上是大不相同的。《颜子乐》和《千秋岁》两支曲子,唱来婉转流利,博得掌声阵阵。叫画前,展开了画轴,先以为是观音,后以为是嫦娥,看了画中人的题诗,才知道是人间女子。最后再细细一看,"似曾相识,何方会我?"回忆起来是他梦里的情人。汪世瑜演来层次分明,点清了剧题的"叫"字。那三声对梦里情人的呼唤:"小娘子、姐姐、我那嫡嫡亲亲的姐姐!"一声比一声缠绵、亲热。汪世瑜的柳梦梅,温文尔雅,书卷气十足,又一次把汤显祖笔下的柳梦梅演活了。

幕落下来，在几次谢幕的狂热掌声中，演出结束，许多观众在擦眼梢。我也眼泪润湿了老花镜。我是又伤心，又欢喜。伤心的是我的大姐夫顾传玠离开我们整整二十年了，欢喜的是"世"字辈的汪世瑜继承了顾传玠的精湛艺术，而且更细腻更优美。这是周传瑛老师教导有方，汪世瑜同志刻苦用功，所以青出于蓝而胜于蓝了。

我到了后台，紧握着世瑜的手，猛然间看见他的笑窝，这笑窝多么像传玠呀。

风月消磨了"似水流年"，可是这笑窝会一代又一代传下去。

张闻天教我国文课

　　"五四"运动(1919年)时候,我才十岁。我姐妹三人(张元和、允和、兆和)是在家塾里念书的。还有一个四妹,抱给本家,不同我们三人在一起。我们有三位家庭老师,教不同的课程,基本上都用文言文,只偶尔用一些白话文。我们没有上过小学,后来直接上了初中。

　　1921年,父亲张冀牖(吉友)创办苏州乐益女中。1923年,我姐妹三人进乐益念初中。课程在当时算是现代化和多样化了,可是国文课多半还是念古文。

　　1924年,先后来了几位新教员,都是新任教务主任侯绍裘先生介绍来的。其中有叶天底先生教图画,画素描写生。有侯绍伦先生(绍裘先生的弟弟)教英文,选的课本是《莎氏乐府本事》。还有张闻天先生教国文。他的教材与众不同。国文课上教的不是中国古代文言文,也不是近代白话文,而是世界名著的白话翻译本。有三篇文章我在七十年后的今天还记得很清楚。它们是《齿痛》《鼻子》和《最后一课》。

《齿痛》是法国作家的短篇小说，忘了作者的姓名。文章叙述一个人站在楼上窗口，向楼下沸腾的人群瞭望。这时候正是耶稣要上十字架的时刻。文章用大量的笔墨描写楼上的人牙齿疼痛的情况。楼下的悲壮场面，使得他心烦意乱，因而牙齿更痛了，痛得无法忍受。当时我不懂这篇文章的意思。张闻天老师告诉我们："人们往往夸大自己的小痛苦，而不关心人民大众的大痛苦。"又说："我们要关心人类，要救受难的人类，要做世界上真正的人，不要老在自己的小痛苦上浪费精力。"

《鼻子》是日本芥川龙之介写的短篇小说。文中说，有一个和尚，生了一个奇大的鼻子。大家都拿他取笑。和尚心里很不受用，想方设法到处找寻神方，一定要把这个大鼻子治成和平常人的鼻子一模一样。他用了许多可笑而奇怪的办法，甚至让七个人用脚踩他的鼻子。他受了不知多少痛苦。后来，居然找到一种办法，把他的鼻子改造得和平常人一样。他想，这下可好了，人们再也不会笑我的鼻子了。想不到，和尚一走出去，群众哗然！大家说："瞧这和尚的鼻子怎么变了？"又说："瞧，这和尚哪来这个奇怪的鼻子?"更多的人指指戳戳、比比划划。和尚更苦恼了!要想恢复原来的大鼻子已是不可能了。课堂上同学们哄堂大笑! 文章的深奥真意,我们当时是不会懂得的。

法国文学家都德的《最后一课》,写的是1870年普法战争,普鲁士打败法国,吞并阿尔萨斯和洛林两省,小学校上最后一课法文, 一个小学生懊悔过去没有认真学习祖国的法文。这是大家知道的爱国主义好文章。当时给我们女孩子很大的震动,激发了我们的爱国心。

由此,在1925年"五卅惨案"之后的爱国运动中,乐益女中的同学跑遍苏州的八个城门去募捐。特别是火车站,我们的竹筒总是满载而归。统计苏州各界的募捐,乐益女中占第一位。后来苏州公园和公共体育场之间的"五卅路"就是用这笔捐款开辟建成的。

乐益女中的爱国行动,引起了当局的注意。他们多少次到乐益来找麻烦。那时,我的父亲是校主,我的继母韦均一是校长。当局提出,这帮"反动"的教员一定要辞退。我父亲多少次恳求把这些人留下,都无结果。最后当局下哀的美敦书[①]:"一定要辞退,否则就不客气了,封闭乐益女中,逮捕他们! "我父亲既要维持苦心创办的乐益女中,又

① Ultimatum,最后通牒。——编者注

要保护老师们免于坐牢。在万不得已的情况下，忍痛辞退了这几位可敬的老师，请他们避避风头。有困难的老师，给了额外的费用。乐益女中也因此停办了高中部。我们三姐妹于是转学到南京读高中。

张闻天老师不久到苏联去了。侯绍裘、叶天底两位老师在1926年后，先后遇害。

我父亲最佩服北大校长蔡元培先生，乐益女中的创办是得到蔡先生指点的。父亲聘请的教员中，各党各派的人都有，这就是蔡先生的主张。老师给学生的不但是崭新的知识，更重要的是做人的道理。尤其是张闻天老师，他把我们引入一个广阔的世界。

在张闻天老师的教导下，我对文学的兴趣，从中国文学转向世界文学。我开始读莫泊桑的短篇小说。对他站在十字路口观察行人的举动，很感兴趣，认为文学描写就应当有这样的真实性。后来看短篇小说觉得不过瘾，又啃长篇小说。我读俄国托尔斯泰的《复活》《战争与和平》和《安娜·卡列尼娜》，果戈理的《钦差大臣》，小仲马的《茶花女》，以及莎士比亚的戏剧。

1956年后，我参加俞平伯先生主持的北京昆曲研习社。我用比较戏剧的眼光研究昆曲。例如把法国小仲马的

《茶花女》和中国李玉的《占花魁》对比;把英国莎士比亚的《罗密欧与朱丽叶》和明代汤显祖的《牡丹亭》对比。这都是受了张闻天老师的影响。

张闻天老师只教了我半年国文，可是给了我以后一辈子做人的长远影响。这是真正的思想教育。特别使我不能忘怀的是他的谆谆叮嘱:做人要做对人类有益的人,做事要做对世界有益的事,真正的人是"放眼世界"的人。

六十多年了,张闻天老师说的这些话,仍旧天天在我的耳鼓里回响着。

1991年11月20日

辑 二

致北京昆曲研习社恢复小组

铨庵、书城、宇烈、肖漪、润森、湜华、陈颖、铁铮同志：

我来到长春已一周……这儿我谈谈对纪念《长生殿》的想法：一、通知新老社员来写"大家来谈《长生殿》"，可以用书面发表。将来可以登载在《社讯》上。通知可发到上海、南京等地。二、请吴晓铃、吴小如或其他同志作一次半小时《长生殿》的讲话，要学术性强一些。三、准备《长生殿》折子戏曲台上唱，如有可能也可演出一折示范（不是助兴）。四、请章元善同志接洽在政协礼堂举行纪念会日期，10月里举行最好。五、编《长生殿》文索引，国内外论文。六、我们社委的基本功：看王国维《宋元戏曲史》、青木正儿《中国近世戏曲史》、胡忌《宋金杂剧考》、周贻白《中国戏曲史》、清《审音鉴古录》、郑振铎《中国俗文学史》等。

张允和
1979年8月16日

157

致张充和

四妹：

　　本月(11月)17日，全国文学艺术联合会召开了一次昆曲老艺人座谈会。南方有传瑛、传淞、传鉴(传字辈现有十六人)三人；北方有侯玉山、马祥麟两人。到会有四十多人。我们曲社也应邀参加。共有十二人发言，我发了言，提两点希望：一、提高昆曲学术水平。二、把昆曲推上国际舞台。

　　主席金紫光，原为北方昆曲剧院院长，现为全国文联秘书长。他建议要办五件事：一、组织全国昆曲协会，由上海、北京、南京、浙江等地先组织地方协会，然后成立全国协会。二、办一个纯粹昆曲艺术的刊物。三、明年举行全国昆曲会演。四、抢救老艺人，培养接班人。五、准备昆曲出国演出。

　　其中刊物，要我们曲社多负点责任。昆曲出国要我联

张允和(左)旅美期间与张元和拍摄《游园》。

系,尤其是美国方面,他们知道你。现在我们姐妹私人通信先谈谈,将来由协会联系。看来出国是明年秋天的事。

明年1月举行俞振飞艺术生活六十周年庆祝活动,会演和协会的事,可能初步落实。纪念俞事,活动一周,振飞现是文联副主席, 纪念规格跟梅兰芳舞台生活四十年一样。三天昆曲,三天京戏,另一天是香港的电影《贩马记》和《凤凰山》。

北京昆曲研习社,已在10月11日恢复活动。不久将和北京市剧协同日正式成立。我将提名一些美国我所知道的曲友为我社联合社员(Associate member),如项馨吾先生、李方桂先生、徐樱女士、陈安娜、王定一、大姐和你。

另信请转匡亚明先生

二姐允

1979年11月22日

致匡亚明①

亚明老师：

我知道您在11月4日来北京，怕您行忙，未来拜望您。听有光告诉我，您要在美国进行访问三个月，所以托充和四妹转您这封信。

在文代大会后一天，金紫光同志主持了一个昆曲座谈会。有南北老艺人，几个省市戏剧负责人，北方昆曲剧院及北京昆曲研习社，四十多人参加。会议建议五件事（略，在给充和信中）。

……紫光同志说："昆曲会演地点第一挑选的是南京，因为有您和许家屯同志、周邨同志，三位都是昆曲的支持者。"

---

① 匡亚明，时任南京大学党委书记兼校长。——编者注

还有昆曲出国问题，紫光同志要我加把力。我已写信给充和四妹谈到这件事。我想您正在美国，有时间先跟美国的昆曲爱好者谈谈看，究竟用什么方法出国，是在大学中的中文系演出，还是公开演出？还有经费问题。充和四妹可能对美国昆曲界的情况知道一些，先从她那儿了解一下。

希望您旅途安吉，身体健康！有光嘱我向您问好！

允和

1979年11月24日

致马少波①

少波同志：

2月8日在政协茶会上，感谢您和紫光同志对曲社的关怀和支持。2月22日起，曲社已开始在北方昆曲剧院展开每星期日的活动。

前月所谈曲社研究工作，亦陆续展开。《俞平伯与昆曲》已交王湜华同志编写。王为已故文史学家王伯祥先生之公子，现正在编俞平伯年表。京津曲社亦在多方调查中……拟在各个曲社中找老曲友写回忆录。

现在曲友中，也有一些已写就的稿子未发表，如张琦翔先生（原北平昆曲协会负责人）编写的《韩世昌先生的艺术生活》，约四万字。不知此类文章有刊物发表否？或者

---

① 马少波，我国著名剧作家、戏曲理论家。——编者注

出一小册子。

　　如有指示或书信给曲社，请交北京市剧协陈颖同志，她是曲社社委，即在您办公室的二楼。祝康吉！

张允和

1981年2月24日

致传字辈先生们

十六位传字辈先生：

在这黄菊盛开、枫叶如火的秋高气爽的时节，你们昆曲艺术生活六十周年大会在苏州召开了。我向你们致以热烈的祝贺。

我也怀念去世的传字辈，像施传镇、赵传珺、顾传玠、朱传茗、华传浩、汪传钤等先生，他们对昆曲的贡献是不朽的。

苏州是我的第二故乡，我年纪又和你们差不多。六十年来，从你们第一次登台时，我就常常陪我父亲张吉友看戏。你们在台上笑，我也笑；你们在台上哭，我也在台下哭。我们一家人都爱上了昆曲，这和我父亲很有关系。

我的父亲曾经告诉我，他小时候看了《红楼梦》才知道昆曲，少年时阅读了大量的昆曲剧本，使他入迷，直到定居苏州时,才和昆曲舞台艺术结了缘。他曾经带我们姐妹乘一叶扁舟,跟踪你们的"青龙"船,遨游江湖。

我的父亲又说,昆曲的文辞是集中历代中国韵文的大成,留下的剧本既丰富,又精美,是其他剧种望尘莫及的,昆曲的舞蹈(动的叫身段,静的叫亮相)是中国活的雕塑艺术,尤其在亮相中表现更为特出。我想我父亲的话,蛮有道理。

记得是秋夜,月光如水,小船摇荡在小河里,我在船舱里听父亲讲完《牡丹亭》杜丽娘还魂的故事,我倚着小窗子,听得两岸秋虫唧唧,和着小船的摇橹声,这些天然的节拍伴奏着那悠远清扬的笛韵歌声,是多么美妙,多么迷人的仙境啊。

你们在长期艰苦奋斗中做了许多承前启后的工作,也为其他剧种输送了新的血液,你们是戏曲百花园里一簇芬芳的兰花。我再次向你们祝贺,祝贺你们老当益壮,像深秋的老枫叶一样红,红得遍山遍地。

张允和

1981年10月30日

致许姬传①

姬传舅：

您1983年1月23日信收到，连日找照片，很少合适的；有的只有一张，无法寄您，现在找到两张：一张是元姐（小生）、充妹（旦）的《惊梦》，另一张是我在1931年的照片，两张都是复印的；前一张俞平伯先生认为所见《惊梦》照中比较蕴藉的，我那一张是上海王开拍的，曾经是《中国学生》（赵家璧编）画报的封面女郎（一笑）。赵与我是光华大学同班同学，那时我是光华大学女同学会主席。这样我们四姐妹的照片就全了（元、允、兆、充）。（吃大饼的照片兆和误为允和。）

先父名武龄，但是不用，用的最多的是"冀牗"，简写

---

① 许姬传，1900—1990年，著名梅派艺术研究家、戏曲评论家。——编者注

"吉友",是张树声(曾任两广直隶总督)的孙子,合肥人。醉心办学,尤其佩服蔡元培先生,办过幼儿园和男子(平林)、女子(乐益)中学,都在苏州。他办的学校,教师不论党派,学生思想自由,以乐益女中办得最久,最为有名,由1921年办到1937年"卢沟桥事变"停办,抗战胜利后恢复,中华人民共和国成立后继续存在,到20世纪50年代后期合并迁移。他是昆曲爱好者,我们唱昆曲都是他领的头。我父亲说,他之爱好昆曲是由看《红楼梦》引起的。

我大姐元和是顾传玠(后改名志成,字时雨)的夫人。她毕业于上海大夏大学,她的昆曲向周传瑛学身段,张传芳学曲子,方传芸学武技,顾传玠倒不曾教她昆曲。她能演生、五旦、旦,她最爱演《红梨记》的《亭会》。

我是姐妹中的老二,光华大学毕业,是周有光的夫人。周原名耀平,曾在江苏银行任秘书,一直在银行界,与穆藕初同过事,1955年改业,现搞文字改革。

三妹兆和毕业于上海中国公学,是小说家沈从文的夫人。大家都知道沈最近由香港出了一套《中国历代服饰图录》。

四妹充和的夫婿是美国人傅汉斯(Hans Frankel)。傅是美国耶鲁大学东方语言文学研究系主任,妹充和也在耶鲁教书,她是沈尹默的学生;她长于昆曲,曾带戏曲(昆曲)的研究生,曾经在美国二十二个大学讲授昆曲。

1947年,大姐元和(小青),四妹充和(白娘娘)曾与俞振飞(许仙)合演《断桥》。时允在美国。

近日我身体又不太好,有些材料一时无法找,过两天找到再寄奉。

张允和

1983年1月26日

致蔡正仁[①]

正仁同志：

　　去年你们来北京演出，我恰好大病一场，没有能见到你们精湛的昆曲艺术，很是遗憾。可是去春观看了会演，真是琳琅满目，美不胜收。至今情况还历历在目。

　　我有一位亲戚赵文林同志，现年三十多岁，原在苏州昆剧团演小生，现在苏州京剧团。赵是顾传玠的女婿和统的表弟。多少次要我介绍他给您当徒弟，说来已经快半年了，因为我病着，没能写信给您，又不知您的地址。现在托我们外甥女张马力找您转这封信。

　　赵文林同志对您的昆曲修养十分钦佩，诚心诚意拜您为师，作进一步学习。我想这不是"不情之求"，而是"有情

---

① 蔡正仁，上海昆剧团国家一级演员，上海昆剧团团长。——编者注

摄于 1992 年,紫衣是张允和的最爱。

之求"。我为了介绍给您这位徒弟而十分情愿，也为了培养昆曲艺术的接班人，(推广)优良传统而万分高兴。

如您能俯允，请即复我一信，我将转告赵文林同志，前来拜谒。

专此，即颂剧事如意。

张允和

1983年3月29日

致陈朗①

陈朗同志：

戴申来过几次，知道您很忙。见到了最近三期的《戏剧论丛》，也可以想象您的忙劲了。《论丛》编排很好，我读了很多篇，对我有很多的启发。想跟您好好谈谈，可是您忙，我又不容易出门。

近来我家里"人仰马翻"，周有光因病入医院检查，可能二十七年的青光眼有些问题。他5月14日要去欧洲维也纳开国际标准化会议。我呢，去秋大病一场，也住过一月医院。最近复查，已确诊"胆结石"。唯一的儿子、媳妇都在美国短期工作，唯一的孙女本月11日去四川出差。家中清净倒清净，但是十分寂寞，因此我想提笔写点什么。

---

① 陈朗，时任中国剧协《戏剧报》编辑。——编者注

我初步想法写"七十年看戏杂谈",再不写岁月就不允许了。这些资料我在日记上有许多,过去八年(1956年后),现在三年我有了十本日记(可惜的是过去1956年前的日记遭了殃,都毁了)。七十年总有些东西,写得不好也可以保存一些资料。我只写了实际情况和我的实际感想,没有什么理论。我相信您会勉励我写的,我也想在精力有限的范围内写点什么。

我现在已经有了近四十个小题目,写几个给你看看……

张允和
1983年4月17日

致俞琳①

俞琳同志:

　　前日(5月9日)由北京市剧协交陈颖同志转来文化部给北京昆曲研习社1983年津贴一千元,已如数收到。我代表曲社向文化部致谢,并感谢您的大力支持。

　　这是头一次国家对北京曲社实质性的资助,不但鼓舞了我们业余曲社,也对整个昆曲界发生巨大影响。

　　我们曲社一定和专业的、业余的昆曲界团结起来,对昆曲事业的继承和发展共同努力,携手前进。

　　您上次曾提及北京市文化局,也要给曲社一些固定的补助,现尚无下文。

　　再一次向文化部致以衷心的感谢,曲社同人也向您

---

① 俞琳,时任文化部文艺局副局长。——编者注

问好！

张允和

1983年5月11日

俞琳同志：

我在侯玉山三老的茶话会上见到您，特别高兴。

茶会结束前，我们曲社的大合唱《长生殿》"天淡云闲"，不但有南昆江苏省的胡忌、张寄蝶，也有北昆的洪雪飞、梁寿萱等人参加。最令人兴奋的，您也参加了演唱的行列，而且唱得很不错。(周扬同志问您，您还说："都忘记了。")他们都听得真，胡忌和王惕，一个在您身旁边，一个在您后面。

听说您过去曾参加北大曲会，对昆曲极有研究，我们有幸得到您这位好领导。您的"与民同乐"的精神，大家极为欣赏，也鼓舞了我们要不断地努力，团结昆曲界(国内国外)人士共同携手前进。

一年来我因病动手术，曲社事都是樊书培和周铨庵同志在做。现排了两场戏，但无场地演出。曲社一年事，四期《社讯》都有，就不汇报了。祝您全家新年快乐，吉祥如意！

张允和

1983年12月29日

俞琳同志：

新年奉访后，大地开冻，温度上升。全国人民都为"四化"奋斗，文艺界也欣欣向荣。

曲社定于4月22日在中和剧场演出《琵琶记·扫松、描容》《断桥》《长生殿·小宴》及《寄子》。届时当请您一定光临，观摩指教。现正加紧排练中。

《北京日报》报道前门小江胡同（大江胡同内）发现古典舞台，为旧山西平阳会馆，北京市已作为重点古建筑保存。如能修缮恢复原貌，作为中国国际古典戏剧中心，向世界旅游者开放，是极有意义的事。北京市正在全盘规划北京，我希望能考虑这一问题。我们很想申请将该处拨一两间屋子作为曲社社址之用，以便组织活动。

前蒙允早日拨给曲社1984年津贴，现尚未发下，目

前活动需要经费。敬请早日拨给,谨候好音,并祝春来多
福。

张允和

1984年3月24日

俞琳同志:

11月17日曲社有第二场纪念已故传字辈演出,剧目
是:《断桥》《连环记·小宴》《游园》《惊梦》《拾画叫画》。较政
协一场精彩些,未见您来。

11月14日、11月17日两场演出均已录像,将设法带一
份拷贝到美国,送美国曲友,因为这次演出都是美国曲友
捐助的。

曲社1985年经费,因此所余不多。因今年做同期、搞演
出、印《社讯》等,租用场地较前涨四五倍。

1986年津贴希望能增加一些,更希望早日签发下来,
以利进行工作。

听柳以真同志说,昆曲艺术研究会不久将要举行一
次昆曲精英演出。我们又可大饱眼福,昆曲的观众真是最

好的观众。

　　敬祝

冬安!

张允和

1985年12月9日

致胡忌[①]

胡忌：

现在是1983年8月6日，我住在北京友谊医院外一病房3室1病床，做了各种检查，准备动手术。

我想在我这个时刻，要拜托你一件事，这件事如果我完了，就不容易办，就是关德泉的事。

此人业务极好，一、能作曲(尤其是昆曲，琵琶、古琴均能谱)；二、民族乐器件件皆能，尤其古琴和琵琶，音乐乐理亦好，中西音乐均有基础；三、能写和记录东西，侯玉山五十多出戏，有两戏无谱，都是他记录下来的。此人多才多艺，的确是个人才。这五年来，我深知他的才能，最近他的笛子也有进步，我唱曲一定得他吹。

---

① 胡忌，戏曲史家。江苏省昆剧院编剧，中国古代戏曲学会、中国昆剧研究会理事。——编者注

我想如果能把他推荐给苏昆，一定可以大派用处。他今年不过四十岁，身体又好，他受难时不忘业务，否则没有今天。

当然他是北京曲社的主要笛师，现在有时就他一人顶。他如离开北京曲社，曲社损失很大，可是我想我要为他前途着想，我问过他，他愿意去南京，大丈夫志在四方，蛟龙非池中物。他的户口在涿县一个工厂里，如果能移到南京就好，移回北京很难。你是否跟坤荣等同志谈一谈，也不急。如有意，先和他通通信。要他把一些文章、作品寄给你们看看，先细细了解他。他的琵琶《十面埋伏》在国内也是第一流的。

我一生一世，无名小卒，不大推荐什么人。这件事请保密，尤其是北京曲社，现在曲社大家对他很好，周铨庵也夸他了。我就是病好了，对曲社的工作也无心力能管了。我走，关去，可能有人不满意。但曲社找一个笛师也不难，我们不能让关牺牲一辈子。

允和

1983年8月6日

致俞平伯

俞平伯先生：

《中国老年》处已函告。您近来身体怎样？我苦无法出门，否则很想来向您请教。

我已一年多不问曲社事，手术后偶尔问一下，四期《社讯》想已收到。有光只看了您的"借"字，十分同意您的看法。

周铨庵在我手术前拿来一张《戏剧报》（1983年第五期），上面有一篇《记〈牡丹亭〉里的花神》。

谈到14位花神。我近日养病无事，有光去上海开会，整理我的日记，找到几处笔记，谈到十二月花神。我认为我们演的全本《牡丹亭》中花神是舞台本中最实用的。现在我把吴晓铃和我们的《牡丹亭》的花神列表，请您看一下。对于花神有四种说法。

对排演全本《牡丹亭》，我的几点看法：

一、十二月花神基本上是一生一旦(吴的后四花神为两生两旦)。

二、以柳、杜未来一对始，以杨业老夫妇一对终，可能含有庆祝所谓天下有情人终成眷属，合于喜庆场合演出。

柳、杜红官衣、凤冠、玉带，象征后来中状元，合于喜庆场合演出。(可能过去班中因角色少，即由主角柳、杜加戏班领队，曲社由另二角扮演。)

三、各门角色齐全，吴文丑是闰月(但闰月不常有)，全本七月石崇是丑，意思好，瞧不起大富翁。

四、大花神是牡丹花，但一向不知何人？您知道吗？闰花神是咬脐郎，是沈盘生说的。

我这里有全本《牡丹亭》的服饰。当时因租借行头，记录下来的(周铨庵保留)。

五、名字有五种大同小异的说法。看来是剧团演出时由艺人安排的。

查：汤显祖全剧中，《惊梦》只有花神一人："末花神束发冠红衣插花上，说白后，只一曲'鲍老催'(向鬼门丢花介)。"没有现在《与众曲谱》中之"出队子"、"画眉序"、"滴溜子"，此三曲均在"鲍老催"的前面，"鲍老催"后又有"五般宜"、"双声子"。我们的《牡丹亭》只用了少数的几支曲子。有时由众花神唱"咏花大红袍"(堂会、曲会)。

我还见到过哪一本上谈到十二月花神，当时没有记录。

咏花中：一月梅花,二月杏花,三月桃花,四月牡丹,五月石榴,六月荷花,七月芙蓉,八月桂花,九月菊花,十月无,十一月无,十二月蜡梅。

张允和

1983年12月8日

致陆萼庭①

萼庭先生：

大札及《昆剧演出史稿》先后收到。捧读之下，"得益匪浅"，先读第五章，然后，从头读起。您不但是收集了上海老《申报》，也博览群书，引经据典，钩沉剔选，勾勒出昆剧舞台史的真正面貌，这才真正是"独一无二"的昆曲。

我的《船队》不过是沧海一粟，仅仅记录一些全福班的琐事，老艺人的口头的资料。我一家对昆曲有爱好，十姊弟都会哼上一二句，写来不免流露一些感情而已，您是太夸奖我了。我像是一个小学生，获得老师的好评语而十分欢乐。

我几乎整整病了两年，去年动了手术，现在总算恢复

---

① 陆萼庭，1924—2003年，著名戏曲史专家。——编者注

了。前两年，《昆剧演出史稿》一到手，即被人借去，现在始观全豹。我手头昆曲资料少得可怜。据我的统计，全福班的昆剧目在七百五十折左右。

根据资料：一、《徐惠如口述》（几乎全是文戏）；二、《昆曲穿戴》（有穿戴必是舞台剧）；三、您的第五章；四、全福班最后几场戏（共八十折，在1923年阴历8月演出）；五、其他：北方有一个施砚香，能戏八百折（南昆），您说的八百折一点不错。可能武鸿福班还有些剧目不曾计算在内。

谈到沈盘生，1977年在苏，在一张戏单上发现了沈传璞的名字，我偶尔和沈传芷谈起这事，传芷笑笑，说沈传璞就是我，原来唱生的艺名。过几天，我又在一张《击鼓骂曹》戏单上并列着沈传芷、沈传璞的名字。我想沈传芷难道有分身术。我又问传芷，传芷说不出。我请他抽了一支烟，喝了一杯茶，传芷才一拍凳子说："那个沈传璞是我堂兄沈盘生。"沈盘生是全福班最年轻的演员，也是传字辈最老的演员。这可算"传外传"。另有个故事（也许是事实），盘生在江湖上走码头时，不知在哪个乡镇上遇到了一位乡绅的小姐，两人深情蜜意，难解难分。小姐的家长知道后，这位小姐死了，是投水或上吊不清楚。因此盘生这多情种子，也自誓不娶。我曾经想用这个题材，写一个剧本，叫作《江湖泪》。

　　我想：走江湖不但保存了一些昆曲剧目，而且扩大了昆曲地域影响。可惜这方面资料不多，如有机会，做一次航行调查，可能有收获，不知尊意如何。

　　您的"不要乱改戏"，我同意。北京曲社将在5月中旬演出《描容》《扫松》《断桥》《寄子》和《小宴》(《长生殿》)，照老样演出，仅仅做一些删节。

　　我曾随外子周有光在哈尔滨一次会议名单上见到您的大名，问了上海代表们，说您没有去参加，我很失望。希望有一天您来北京，我们可以作长谈。我虽然对昆曲一知半解，可是谈起来没完没了，我要请教您的地方多着呢！

　　迟复为歉，敬祝撰安！

允
1984年4月16日

致姜德明①

德明先生：

1982年春，北京昆曲研习社在供电局（前门）演出。4月21日《文汇报》刊出您的《春明小简》，谈到我们那次演出实况。您对祖国昆曲抱有深厚的感情，写来极有情趣。这篇文章大大鼓励了我们这班业余昆曲爱好者。我们愿意致力于这一"古老灿烂的文化"，使它"不会在我们一代断流绝种"。

5月27日演出昆曲五折，包括元、明、清三代的作家、作品。

有南戏之祖的《琵琶记》两折，其中《描容》已有五十年不见于昆曲舞台。《扫松下书》是老生、小丑戏，演张广才的

---

① 姜德明，著名藏书家、散文作家。时任《人民日报》文艺部主任。——编者注

吴鸿迈是此次演出中年龄最大的（七十四岁）。该两折戏为传字辈工正旦的王传蕖亲授。

《长生殿·小宴》则是"渔阳鼙鼓动地来"的《惊变》的前半折。

《断桥》仍依照旧昆曲演唱，是梅兰芳的路子。

压轴戏为朱家溍、宋丹菊的《寄子》，朱为故宫博物院研究员，此老的伍子胥唱来极为苍劲，而宋丹菊虽然在京戏上工刀马旦，近来颇用功于昆曲。宋为四小名旦宋德珠之女，身段矫健玲珑，唱来昆味十足。

演员中，有幼儿园老师、中小学、大学教师及研究员，还有在职与退休职工。他们利用业余时间抓紧研究排练，向专业昆曲家请教学习，排练多在晚间与星期日。

我们寄上戏票两张，请您看戏，希望能给我们向您请教学习的机会，27日到场可找我或楼宇烈。我们再向您汇报比较详细的演出情况。

祝

文安！

张允和
1984年5月21日

致过士行①

士行同志：

　　北京昆曲研习社将于5月27日午间在中和剧院演出。附上戏票两张，请来指教。您对昆曲报道很内行，请您在演出前后为这一古老剧种广为宣传。

　　这次演出五折戏，包括元、明、清的剧本。头二折《琵琶记》中《描容》和《扫松》的作者是元末高则诚，南戏之祖。《描容》已不见昆曲舞台五十年之久。赵五娘由邮票公司青年职工章晓京扮演，描画公婆真容，曲词悲哀悱恻。《扫松》中之张广才，由原师大附中教务主任吴鸿迈扮演，此次演出中年事最高，今年七十四岁，唱来低回高亢，极有功力。魏泽贻的李旺，滑稽至极，演来令人发笑。该戏由传字辈王

---

① 过士行，时任《北京晚报》记者。——编者注

传蕖老师亲授。

第三折《长生殿·小宴》，原剧名《惊变》，写唐明皇在御花园小宴，贵妃酒醉，突然"鼙鼓动地来"。此次只演"惊变"前半折，故名《小宴》。唐明皇由北航教员杨大业扮演，唱来颇有功夫。贵妃由段宏英扮演，演唱颇有尺寸。高力士为科技所许声甫，原北京昆曲研习社社长俞平伯先生内侄。昆曲中的太监，说白唱腔与众不同。您不要小看那些宫娥太监们，有的是小学班主任，有的是文学所的研究人员。

第四折《断桥》是一折众所周知的戏，为清人方成培改本。曲社演出照梅兰芳老路子演。扮演白娘子的王纪英，是老曲家王西瀓之孙女，幼儿园老师，扮相甜美，唱得婉转如黄莺。小青儿为名书法家欧阳中石之女，原演闺门旦，如杜丽娘，演青儿时一改过去柔婉作风，为白娘子打抱不平，恨许仙无情。包立是老曲友演小生的祝宽的女婿，颇得乃岳传授，三人演来吻合无间。

压轴戏《浣纱记·寄子》为明·梁辰鱼所作，典型的昆剧。由故宫博物院研究员朱家溍扮演伍员。朱已年近古稀，对故宫"升平署"戏曲资料颇有研究，曾挖掘一些戏曲资料。据说故宫演出剧目有数千折。朱有武功底子，曾在曲社演出《三挡》中之秦琼。伍员服装很别致，唱得很有神韵。宋丹菊为四小名旦宋德珠之女,京剧中工刀马旦。她参加曲社学习昆曲,可能受俞振飞先生说学京戏起码要学二十折昆曲打底子的启发。此次演伍子是娃娃生,将门之子,刀马旦应工很合适。宋的身段边式,十分活泼矫健。父子分别时演来声泪俱下。

昆曲研习社是昆曲爱好者的业余组织,在1980年恢复。社员起早练功,多在晚间借皇城根小学排练。他们也向专业昆曲家和演员请教。排练工作由该社副社长周铨庵主持,她不时邀请昆曲专家和专业昆曲演员来社指导。演员老中青年都有,从幼儿园老师、中小学老师到研究员,还有各行各业的职工。

文化部、北京文化局对曲社都很支持重视。北京剧协过去、现在多方扶持,1979年恢复演出(在吉祥)就是市剧协主办的。

拉杂写来,供您演出前后报道的参考。

祝

安!

北京昆曲研习社 张允和

1984年5月21日

致曲社

铨庵、家瑨、宇烈同志：

我定于10月10日赴美探亲，约三个月内回北京。曲社另开一次社务会，有劳各位社委照常进行。

我希望在这三个月内，一、开曲会两次（普通和新年）；二、来一次较大规模演出，最好在吉祥，有吸引力；三、北大纪念吴瞿安老师的演出，请宇烈同志接洽。

秘书王湜华出国（伊拉克）工作两年，是否考虑由严渭渔代理。

行色匆匆，不及面辞。祝曲社工作顺利，曲友们康乐！书培、大业、汉华、肖漪、启名均此不另。

张允和

1984年10月1日国庆节

铨庵、家潽、书培：

我来美国加州Oakland大姐处已有近一个多月，有光到各处讲学，一周后我们将在康州Hamden四妹家会齐。本拟1月间返国，因3月有光尚有另一会议，可能我们要延期两月，约到4月初才能回国。

吴梅先生百年纪念已否演出。社中情况便中请告一二。

天津李世瑜来美国找我，他是Life杂志主人Henry Luce的Luce基金请来的，要搞昆曲录音工作。我想铨庵姐一定知道，这要等我到四妹处再谈。

我想邀请美国十位曲友，作为北京曲社的联合社员，希望在社委会通过，每人发一聘书，最好请严渭渔同志用墨笔写，信笺可在荣宝斋购买。写好寄来。

十人为：李方桂、徐樱、李林德(方桂女)、王定一、陈安娜、张元和、张充和、楼蕙君、张蕙元、凌宏。

铨庵临行时，嘱我询问软头面的情况，今附照片二帧，为元和大姐设计的软头面，加一对胶布剪成鬓角，顶花最好买，其他花朵随意增加，装饰品亦可随意。

张允和

1984年11月22日

致王世瑜

世瑜同志：

很高兴知道您荣任浙昆剧团团长，您一定会对昆曲事业作出杰出的贡献。我和北京曲社曲友们热烈地祝贺您！

我去年10月赴美，主要住在大姐元和(顾传玠夫人)和四妹充和(耶鲁大学昆曲教授)家。4个月内，见到近十位在美的曲友。我们偶尔谈起，北京曲社如果能办一次纪念已故三位顾传玠(逝世二十年)、朱传茗、张传芳演出，对国内外昆曲界有影响，也是很有意义的。演出时要特邀您参加，更希望有您的《拾画叫画》和其他剧目。

这件事曲社3月10日社务会议决定，成立这次纪念演出小组，成员是欧阳启名、王纪英、章晓京、朱复、王大元。

我们特邀您参加，不再邀请外地其他人，只请在北京的传字辈学生如世华、世藕、瑶铣等人,剧目由曲社唱开锣戏。

因此演出日期要请您决定,最好能在您团来京演出之后。前曾嘱纪英函告情况,请即复我社一信,以利进行剧目安排。

专此敬颂

春福!

张允和

1985年3月19日

复信请寄王纪英处,我不日迁居。

致姜椿芳①

椿芳同志:

昨天北京昆曲研习社举行欢迎国外曲友的曲会,海牙国际法庭大法官倪征博士、联合国子弟学校教师陈安娜女士等都到会。

允和汇报了7月16日您主持的昆曲座谈会的一些情况,当谈到即将筹备成立昆曲艺术研究会时,曲友们热烈鼓掌。

曲社拟在今年 (1985年)11月举办纪念去世传字辈艺人的演出会,包括顾传玠在内,他逝世已二十年了。准备演出三场昆曲,特邀传字辈弟子汪世瑜、沈世华、朱世藕等名家参加演出。

---

① 姜椿芳,1912—1987年,著名翻译家、出版家。——编者注

困难在演出的场地,不知能否借政协礼堂演出?如承鼎力协助,全社曲友都将感谢!如可能,请告翟波同志转告我们。

昨天吴波同志、俞琳同志都来了,大家很高兴!

敬礼!

周有光、张允和上

1985年7月29日

致张元和

元姐：

我从11月8日到17日，十天内看了三场浙昆的戏。自家曲社演出两场戏，写了两篇短文。参加了两次座谈会，几次每天每夜都有事，写文章、写通知都是在夜里。

闲话不谈，言归正传，只谈两次纪念演出。第一场是11月14日在全国政协礼堂，戏目是：

一、朱世藕《痴梦》，她是原来浙昆的台柱，二十岁时嫁袁牧之，今年五十一岁，已三十年不上舞台，是曲社社员，在北昆搞编导。

二、王奉梅(浙昆旦角)《题曲》，传芗传授，好极了。卞之琳说她的演出是诗情画意，赵朴初说是中国的仕女图。

三、汪世瑜、周铨庵的《长生殿·小宴》，不算好，汪的唱功好，但不适合官生，戴了髯口。周铨庵年纪太大，嗓子不好。宫娥、太监很整齐，曲社年轻人。

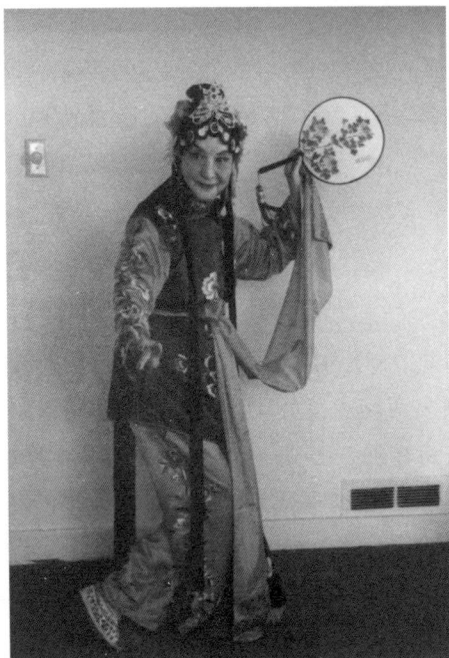

1983 年，张元和演昆曲。

四、郑传鉴的《哭监》好,李桂枝是蔡瑶铣,好极。

第二场戏在前门外中和戏院,11月17日演出。观众特别整齐,十之八九都是懂戏的(也许我把北京爱好者都请到了),戏也十分精彩。这台戏是曲社的青年演员。

一、《断桥》王纪英(白娘娘)、段宏英(小青)、包立(许仙),唱来十分规矩,身段也规矩,小生稍差(曲社缺小生)。

二、《连环记·小宴》蔡安安(吕布)、徐延芬(貂蝉,浙)、张世铮(王允),演来十分有劲,安安(此我接生的干儿)稍觉火暴些。

三、《游园》欧阳启名(杜丽娘,此次纪念演出,她是小组长,忙极,17日早晨还在考试)、程燕(春香,马祥麟的外孙女),演得稳,唱做都稳。

四、《惊梦》管怀明(杜丽娘,极好,她是北大数学系毕业生,今年二十四岁,曲子三遍就熟,现在天津计算中心工作)、许淑春(柳梦梅,她九岁就演过《胖姑》,全本《牡丹亭》的花郎,她的爷爷许潜庵,四妹跟他认识)扮相还是很年轻,可惜人稍矮了些。两人的唱做也是不差。

五、最后汪世瑜的《拾画叫画》,我看是第三遍了,一遍比一遍好,当然我对他提了几点意见。一出戏中博得六次彩声,谢幕多次。"颜子乐"和"小嵯峨"两次彩声,其中"苍苔滑擦"大喝彩。《叫画》中也得了两次彩声,这是昆曲演出中没有的事。三声叫唤,层次分明,一句比一句痴情,博得全场大喝彩。

17日戏毕,有十四人在我家吃晚饭。汪世瑜等浙昆六人,我们八人(是柳以真、陈朗借我家请客),吃了六斤花雕,汪世瑜特别高兴。这是他的最后一场戏,才开怀痛饮。汪说"今晚上我使出全身解数",直到近晚11时,他们才散,要不是怕公共汽车没有,还得谈下去。

两场戏都录了像(将来复制了带给你),第一次我坐在戏院外的大汽车上导演,第二次戏简单,我没上车。三妹、黄永玉等人都去看戏的,大家认为了不起,曲社能有这样成绩。18日有好几位来,我们谈戏。17日在后台,就有两位年轻观众要求参加曲社。

我则忙得真是不亦乐乎,16日到17日之间,我只睡了三小时。大姐,我总算完成了你交给我的任务。许多报纸都有报道,容以后剪贴复印寄你。

此信及早寄出,你尚未到四妹家,也请将此信给四妹等人一看。

二妹 允

1985年11月19日

辑 三

昆曲日记(节选)

1956年

9月24日

21日晚在俞家,谈社事及如何团结许、徐事。伊姐处已无问题。田某的笛子太硬了,吹破了两支笛膜,我们无法唱。

22日上午去袁二姐家,问下午有无联欢事,无。同访庞敦敏老先生,静听谈曲事。此即问"哪路英雄"。前在袁二姐家请客时那位同志坐对面。庞曾云缺少二丑角色(近安、琴童之类人物),我愿学习,他很高兴。谈《风筝误》中之角色,彼又函袁二姐,让我演丑丫头,倘我愿意演丑小姐,社中就要开庆祝大会欢迎。我告以我愿意做。

22日晚写了一千五百字的短文。

昨日为星期,我因约好访南青兄,又得到许老处取同期公约等物,准备今天带去俞家,去许家时,潜老已去俞家。再访南青,同去北海仿膳,不久宜春、潜老均来,饭后过海,吃茶,谈天谈曲。

今天为我的拍期,许四姐去天津,改在俞家。拍《赏荷》牛小姐五遍,周铨庵夫妇及南青来,又谈及《琵琶记》公期剧目人选及剧务事。

10月7日

约好三弟1点半在三妹家会齐,同去俞家参加《琵琶记》公期演习,晚饭后始归。今晚见潜老和惠如先生同桌吃饭。饭后潜老唱《下山》,还是徐惠如吹笛子。可是我的低音老唱不准。

10月8日

今天约三妹到许四姐家拍曲,看见《光明日报》报道苏州昆曲会演盛况,我的老师第一个被提到,真高兴,传芳先生唱得是好。由此想到身段谱,应该完成它。

10月10日

今天上午头痛,下午倒好些,起了个《忆江南》的稿子:

忆江南

江南好,最忆是姑苏。枫叶秋来红似火,满城争唱水磨歌。英才新艺多。

有光去开会,11点才回来,说丁西林先生说,我们曲社的东西已经批下来了。庆霄楼冬天太冷,可以借文化俱乐部开同期。接洽人:史舆、罗隆基,又说北京要成立一个公私合营的昆剧团,也要成立一个戏曲学院,其中昆曲是重要的部分,我们是业余的曲社。

10月16日

13日晚上,接到丁西林先生电话,约我们曲社的人明天去庆霄楼谈谈。我打了电话给俞平伯先生,又去袁二姐家联系。

14日早9点,俞先生、铨庵、许四姐(宝)、袁二姐(敏宣)和我五人,先在双虹轩谈一谈,10点去庆霄楼。丁先生未到,我们要上楼,管理人说:"楼上开会。"我想就是我们的

张允和与周有光相濡以沫。

会吧!果然不错。丁先生来了之后,大家一同上楼,王昆仑(副市长)已经来了,大家坐下来谈了半天。丁先生说《十五贯》不久要到苏联演出。俞先生报告了我们曲社的经过,我们各组负责人谈了各组情况,最麻烦的就是没有房子。谈了很多有趣的事。到12点半去仿膳午餐,是丁西林先生请客,茶点是王市长请的。饭后,又谈了很久,是漫谈了,谈得很有趣,3点才散。看来政府对北京三个昆曲组织各有分工:剧团演戏,学校学习,曲社研究。我们领导又是搞文学的。

下午接平伯先生电话,要我明早去文化局找杨毓珉科长去联系。

10月19日

16日晨与文化局联系,杨科长叫我马上去一趟。我去了才知道一定要民政局批准才能刻图章取款。文化局蔡同志替我联系了民政局,我到民政局找到崔同志领了表格。下午去俞家谈如何填表和《琵琶记》公期人选的问题,表格由许四姐填。

17日晨,我去文化俱乐部找史舆(公载),没找着,他刚出去。我留下了条子和电话。下午他打电话给我,我去打针了。晚上我打电话给他,他又不在家。

18日,晨9点电史公载,他说礼堂和会议所要修建,让我看看另一地方,我又去了。看的还是文化俱乐部的餐厅,还不错。问好了价钱和进门手续。告辞时,我说:"婳娘问你几个孩子?"他说:"六个。"公载是史良的弟弟,和耀平小时同学。

到俞家谈星期日社务委员会的事。表格搞好,下午由许四姐送民政局。我3点回家,倦极!

这几天为了社里事奔走,又为了耀平病心里着急,社里又有那些闲言闲语、不愉快的事。不过,一定要好好地写点东西。

寄出《秋菊和枫叶》,也没有给有光看,他也太忙,因为赶着25日的演出。

10月21日

今天又是一个多么紧张的日子,已经9点了才出门,跨上了三轮,到俞先生家不到20分钟。不一会儿,钱一羽也来了。他告诉我,又有人说我们曲社选举不合理、不让人唱曲子、压制人、不让有些人演戏。我想想也太怪了,我们的成立和选举,虽说没有多少时间酝酿,但我知道

210

还是经过酝酿的。还有人对我做联络组的工作觉得不合适。我本人倒没有工夫参加酝酿工作。说不合法，项先生（远村）也说得太严重了。成立合法，选举是提出候选人名单，大家还是可以画去任何人，举其他的人。而且当时你如果觉得不妥当，为什么不提出异议呢？你已经参加了投票，为什么又说是非法的呢？我们的曲社刚成立，还没有公开开过同期，也没有演过戏，如果以前有过，那是过去曲社的缺点，我们只好引以为戒，这又有什么可以说的呢。

今天这个会，是个团结斗争的会议。从上午9点半一直开到下午近3点，可把我累坏了，可是的确解决了不少的问题。

4点多吃了饭回家，稍稍养养神。季龙和刘国平先生来了。大家谈了会儿，就去袁二姐家。今天的曲会是我和郑缤两对干爹干妈请客，曲友到了近四十人，菜只有两桌，是不大够吃的，可是挺热闹。饭前清曲，饭后连唱带做小《游园》（宜春、保棣）、《小宴》（洵如、克贤）、《议剑》（崇实）。庞敦敏的《改书》真不错，此老腿跌坏了，不能演。我要跟他学曲子和戏。

11月5日

11月2日晚，在袁二姐家拟一新闻，题目"北京昆曲研习社成立"，给《北京晚报》：

北京昆曲研习社，自7月间，由俞平伯等发起组织成立。举俞平伯、项远村、袁敏宣等十一人为社务委员，并成立传习、公演、研究等七组。俟后又经文化部、北京市政府大力扶助，社员由最初二十五人发展至近七十人，现已由文化部领导进行研习工作。

10月28日下午，北京昆曲研习社在文化俱乐部举行社员联欢大会。由俞平伯主任委员报告成立经过，上海虹社李洵如同志赠礼。便装表演《琴挑》《思凡》《学堂》等戏。小社员胡保棣(十一岁)、许宜春(十岁)化装演出《游园》。胡保棣饰杜丽娘端庄稳重，一入园门，看到满园春色的喜悦情绪曲曲传出；许宜春饰春香，玲珑活泼，女孩儿天真烂漫的神情亦颇有情趣。小《游园》由周铨庵等人在暑假中排演，已演出数次，均得观众好评。

现社中正在觅屋，使多数曲友有拍曲、排练、研究处所云。

11月6日

整理屋子,一直到10点才出去拍曲子。

下午去俞家,俞先生拟了个电报,打给上海昆剧观摩大会:

上海淮海路四明里赵景深转昆剧观摩大会,闻南北名家会演,盛况空前,祝胜利成功。北京昆曲研习社。

吴南青来信寄来戏单一纸。前天接赵先生信中说:

我们还欣赏了30日《人民日报》您的大作。对于"趁江乡"催眠和十几岁时的戏衣两点特别感兴趣。自然,开端的"天淡云闲"的天气也是三句话不离本行。您这篇文章写得很活泼、轻松,使人爱读。

晓平看了我的文章说:"你的文章很有天才,可以写下去!"这好像是父亲对儿子说的话,谁知道是儿子对母亲的夸奖,好笑!

12月25日

下午4点,杨大嫂和友鸾来(友鸾也算是我的干女儿)。她给我出了个题目《一个古老剧种的衰落与兴起》,用文艺的特写方式,要求亲切、耐读。

内容:全文通过昆曲的盛衰,说明一个在中国土生土长起来的剧种,随着历史的变迁,昆曲艺术也经历了几起几落。昆曲曾经衰落,但是在其他的剧种当中保存下了昆曲的影响。经过整理之后,使它接近了现实生活,正在逐步恢复,但仍面对着困难。

具体包括:一、历史背景,当时情况、当时的听众。二、特点。文学、音乐、舞蹈。三、衰落原因。为什么京剧代昆曲而起。社会原因?经济原因?衰落年代的艺人情况。四、昆曲再度受到重视的情况。中华人民共和国成立后不受欢迎。昆曲艺人如何改革了昆曲,使它获得观众。五、昆曲的整理工作及面对的困难。昆曲与其他剧种的关系,是否也从其他剧种吸收精华。

文章要求通过事实、生活故事、书籍记载、作者亲身感受来支持有关论点。全文四千至五千字。1957年1月15日交初稿。要求很多,不一定写得好。

12月26日

到文联找戴不凡等(他们学习),文化俱乐部约我们商谈借场地排戏事,接洽者是一位张英俊同志,订1月4日晚去排戏。

今天为陆剑霞和许四姐祝生日,袁二姐把客厅打扮一新。吃了蛋糕,然后每人唱一支曲子。陆剑霞的"花繁浓艳"(《小宴》),许宝的"秋江一望"(《秋江》),袁敏宣接《秋江》的小生,许士箴(潜庵)的《折柳》的小生,我的"小春香"(《学堂》),周铨庵的《琴挑》,俞先生的《惊梦》,连李金寿先生一共八个人,八仙过海。晚上也是八仙,李走了,加了个胡仙洲,到10点多才回家。

12月27日

今天该定心搞那篇东西了,开始先搞一个提纲。

一、从《十五贯》讲起:人物特写:周传瑛,死去了的阿荣(亲切些)。

二、十年不下楼的魏良辅:天才的创造,人为的努力。

三、四个梦:简述"四梦",汤和莎士比亚,《牡丹亭》和《铸情》。

四、《长生殿》(唐明皇与杨贵妃)和《桃花扇》。

五、京戏兴起,昆曲衰落:艺人的穷困。黄浦江头想自杀(传瑛),吃了糖、五六岁孩子做龙套,冻饿而死赵传珺。

六、特点:文学性、音乐性和舞蹈性的综合体。

七、影响:明朝的服装,京戏中武打的曲牌,结婚、筵席动作的配音,仍是昆曲。出国的《三岔口》《雁荡山》等均是。《梁山伯与祝英台》的舞蹈指导,多是昆曲艺人。

吴晓铃说:昆剧是一千年来我国民间戏曲加工的高级形式,是经过无数艺人的劳动创造积累起来的。昆曲的前身,南戏中有"荆、刘、拜、杀",北杂剧有《单刀会》《窦娥冤》《李逵负荆》《西厢记》。六百年前,这两种戏曲相融合,进一步提高和丰富,因此,昆曲是混合的产物,有很高的提炼和改进。

南戏是管乐(笛箫),北杂剧用弦乐(弦索调,三弦、琵琶),昆曲以笛为主,加入主要乐器三弦,南北乐器融合,丝竹合奏。音阶方面,南戏五音阶,少了两个半音阶(4、7),唱起来曲折多。北戏七音阶,短促。形式上,南戏长,几十出,人人都唱;北剧短,一个人唱。昆曲结合了双方之长,有一人唱,两三人合唱等曲子,举例《赏荷》。

特点:芭蕾性强,不但和唱词结合,也和说白、剧本内

216

容、思想感情(所谓无言的动作)紧密地结合起来(《十五贯·查勘》一幕,如何掸尘,即高度舞蹈化)。(录自1956年4月17日《北京工人日报》。)

昆曲衰落:单纯追求辞藻、音乐曲词的限制、成了文学作品(保留的戏在一千以上),脱离舞台,脱离群众,成为案头消遣品。1938年,日本迫害,艺人作劳工。南方戏箱毁于炮火,艺人改行。传字辈五十多人,留下二十一人(尚有四五人不操此业),流离失所。有人搞小手工业、公务员、看相算命。

艺人的绝技:王传淞的阿鼠,《活捉》中之张文远,有鬼气,罗巾一系到张文远的脖子上,提起来一转,王传淞双足点地旋转不已,如同一个纸人。这是苏丑杨鸣玉的绝技,仍保留在王身上。

向现实学习:张传芳的《思凡》,"两旁罗汉",就是到庙里去观察罗汉;《渔家乐·藏舟》的摇船(是劳动人民,不可十指尖尖,要一把抓住)。他们多年流浪在船头、各乡镇的演唱,反受欢迎。

《一出戏救活了一个剧种》(1956年5月18日《人民日报》社论):全国争谈《十五贯》,用一些典型人物鼓舞人。舞蹈,现实而优美(高度思想性和艺术性的结合)。昆曲是困曲,艺人当零件。《十五贯》(清初朱素臣作)的改编是点铁成金,一出戏不但救活了昆剧,也救了其他的剧种。

明嘉靖年间魏良辅以南北曲为主,吸收了弋阳腔、海盐腔、余姚腔、山歌、民谣、皮影戏、小调和连鼓调,增加了乐器(弦乐、南管),在唱法上,北宗中州音韵,南宗洪武正韵,改革后之新腔,婉转动人……艺人受迫害后,一部分传字辈加入了苏剧,绝响舞台三十年。

陈传蒉年纪最轻,下落不明。死得最惨的是小生赵传珺,扮相美,声调高,《吟诗脱靴》酒气逼人;《小宴》中的太平天子;《惨睹》中华贵和落魄集于一身;但其雪夜冻死在街头。施传镇于抗战中贫病(伤寒)而死……最关心的吴梅看不到了。共产党是最好的。(摘自1956年6月24日南京《新华日报》胡小石文。)

1957年

2月10日

研究组上午10点在老君堂俞平伯家开会。

一、专题报告:至少三次(1957年),形式可以灵活,如电台的京戏专题报告,可以加入表演或演唱,并可有余兴

218

(庞敦敏"北曲昆曲掌故")。准备四次:第一次(3月)俞平伯:"昆曲的变迁与发展";第二次(6月)项远村:"昆曲音韵配合唱法"(题暂定)。第三次,拟请联合社员。

二、组员调整问题:先聘钱一羽、张允和为组员。俞平伯提议,胡静娟、吴小如(昆曲注解,帮游国恩作文学史注解)为组员。

三、研究组开会地址:许士箴家,每月第一个星期日。

四、研究组稿:钱一羽写"怎样唱昆曲",张允和写"《牡丹亭》的故事",胡静娟写"《荆钗记》的故事",先提出钱、张两稿。

五、购书问题:琉璃厂有《集成曲谱》(二十四元,可购)、《曲源》《北词广正谱》《中国近世戏曲史》(青木正儿)、《度曲须知》《纳书楹》。允和提出各人所有书目录,以便借阅。也可向北京图书馆借看(与赵万里接洽)。

六、报纸投稿问题:大家努力。

天津戏剧学校校长华粹深节编《牡丹亭》。

俞提:编昆曲唱法,要用拼音。南曲用什么音,北曲用什么音,项先生曾研究过(南北异音),项言退休后,要重新整理韵学。

七、曲会日期:每月第一个星期日,上午9点,第一次3

月3日。

下午1点多去民革,有两位不知姓名的老太太已经来了,一问原来是竺可桢夫人和张奚若夫人,我和她们谈了一会儿。今天可忙得很,因为16日彩排的事。许四姐因许二姐病故去天津料理丧事,事务组的工作很忙,幸亏把副组长苏锡龄找到了,才解决了一些事。

今天我唱了《学堂》的春香,《男舟》中的邓兴。

2月16日

下午4点15分我和耀平去文联,在咖啡茶座吃茶,不一会儿人都来了。可是到6点钟,行头、头面都没有来齐,门口也没有人收票,6点半我去化妆。

一、《思凡》:清华大学教授陈祖东演,他是侗五爷的学生,年纪五十岁以上了。男扮女的,老了些。身段生硬些,三十年不演戏了。

二、《寄柬》:梁寿萱的红娘,扮相极美,胭脂红了些。尖团字全唱尖音,道白是京白,身段很稳,眼风、腰劲还不到家。姜宗褆的张生,秀雅有余,飘逸不足,唱、白声音太低。我的琴童,沈盘生替我开的白脸,两个丫髻,穿一件蓝布短衣、黑裤子。出场就笑声不绝。这出戏谢了幕,欧阳予倩院长到后台和我握了手,大家都说琴童有趣。

三、《痴梦》:伊克贤没有把"痴"和"梦"做出来。崔氏知道朱买臣做了官,神经有些失常,所以做了这个梦。许老的无徒,一点儿不凶。

四、小《游园》:最受观众欢迎,宜春稳多了,可是还太乱。

五、《寄子》:范崇实的伍子胥,气度不凡。进场时走错了地方,从椅子中穿过去。伍子王颂椒嗓音甚佳,可惜扮相不好,颧骨高了些。

六、《小宴》:袁敏宣的唐明皇,这是我们的第一嗓子,做、唱均佳。杨贵妃是周铨庵,扮相好,做工好,唱时能够低声,说的嗓子听得出沙音。

戏完10点半,我们和宜春他们一辆车子回家,睡在床上,两个人老谈戏。

2月18日

上午华粹深请我们在北京饭店午饭,谈删改《牡丹亭》事,我认为可以改成八幕,最后《杖园》。

下午3点去文化馆,大谈彩排事,有人一见我就说,人家都说我们曲社从哪儿找来这些孩子。我也算一个,真好笑。昨天李太太说我是天才。欧阳院长告诉三弟,说我的扮相只有十二三岁。郑振铎等人也对有光说，琴童不坏。伊克贤说"琴童自然不俗"。华粹深说，如果我演《花报》一定好。又有人说，《风筝误》的丑小姐和《后亲》的丫鬟我也可以演。但是不能演大丑角，只能演孩子，又有人叫我演《胖姑》。约我唱戏的人可多啦。袁二姐说我的戏路子宽，是曲社的好角色。张伯驹说我们的戏"有气派"，大概说是有书卷气吧。有光很欣赏幻灯字幕，原来都是名家手笔，是俞先生、袁二姐等人写的。

3月27日

晚定和三弟来，大家相互看各人写的文章。他在这期《戏剧报》上写的是《花海在望》，我在《人民中国》上的是《昆曲的新生》(日文版《一阳来复》，原中文题为《花开枯树再逢春》))。又看了白云生在《中国语文》上的文章。张伯驹在《北京日报》上的文章，他说昆曲有三派，苏昆、京昆和上昆，那么还有呢？川昆、湘昆、婺昆……这就和八大派哲学有"异曲同工"之妙。

3月29日

昨晚、今早把"《琵琶记》公期"的事写好，只能算草稿。

晚三弟来,因为《桃花扇》要"原来姹紫嫣红开遍"一段的曲谱,我哼了几遍,他记录了下来。有光今晚在家,大谈其戏剧。

3月30日

早晨想想那篇英文的"昆曲的新生"的稿子,还是不大放心,去俞老家一趟,谈得很多。一、《牡丹亭》的删节工作,华粹深已经成功三分之二,俞先生正要开始校订,预计4月底可以脱稿,准备在5、6、7三个月中排戏,重要角色由三人或四人学习,次要角色起码也是A、B制,到8月预备公演。二、俞老还预备收集二十出不常见的台本出版,徐振民的《花寿》就是一本。三、我的"《还魂记》缩编本",俞老也在修改中。

3月31日

晨王汉华来,谈到叶至美近参加中央电台工作,要我们曲社的社员和组织活动情况,并将为我们录音,他问起关汉卿的事,我先谈了宗弟的"关汉卿的故事",不久我们总得见一次面的。

《牡丹亭》也已改好,俞先生写了一封太客气的信,什么：“全部非常生动，艳丽中饶雅趣，繁花吐属，不同凡响，佩甚！佩甚！有些地方，对临川原旨，尚有些误解，上按鄙见僭为改窜，且有整段移换处。叨在深知当勿见罪。”我呢，为了写这《牡丹亭》和"昆曲的新生"，得到俞先生的帮助可太大了。是的，我们搞昆曲的同志，应该正视昆曲的缺点，然后才能接近群众，改造自己。也不能有曲高和寡、唯我独尊的态度，应该有批评和自我批评的精神。

英文稿今日寄出。

4月16日

上午把《一个民族形式的昆曲欣赏会》寄给了《光明日报》。下午忽然想起写一首诗《百花园里百花开》，慢慢酝酿起来。

4月17日

昨晚上傅东华来我家吃晚饭，和他谈了一些昆曲的事。据他说，多少年前，他和吴瞿安(吴梅)先生在一处唱过曲子，他唱的《男祭》《小宴惊变》和吴先生的不同。他能吹笛、胡琴，也能打鼓板，能吹四五十出戏。他是金华兰溪人。吴先生说，他(傅)的唱法可能是李渔(笠翁)的唱法。据他说,他们唱法和温州唱的相同。我想温州杂剧是南戏的前身,那么他们的唱法应该接近南戏。他的老师其中有一个是和尚,颇有趣。我托他把金华方面搞昆曲的艺人和同志,替我联系一下。

得写封信给宋云彬先生,我已经写了去杭州,可是他又上温州视察去了。我再写信托至美转告去:

几天前写了一信到杭州您府上。后来听至美姐说,您和圣陶先生已经上温州视察去了,可月底回杭州,所以又赶写了这封信,由至善兄转呈。

您和圣陶先生都是我们曲社的联合社员。我是联络组,理应向你们联系。温州杂剧是昆曲前身之前身,那里一定有很多古老的东西保存着,最近看到董每戡,说到的"和戏"就是一个例子。能不能在你们视察的当儿,调查一下有关昆曲在温州发展和现代的情况,最好要一些具体资料。有些什么剧本,现在老艺人的情况,过去发展及演出情况。

6月26日

看了《琵琶记》(湘剧),演了两个晚上,剧太冗长,不

够精练,而且现代人看了觉得有些别扭,感情不够真实。为什么《琵琶记》历明清两代而有盛名呢?原因何在?可能是:

一、南曲之祖:当元末明初的时候,蒙古人入主中原,势力日衰,南曲的兴盛,正值汉民族恢复中国的时机已经成熟。旧北曲的缺点是:(一)一折限一调一韵;(二)每剧四折;(三)一折一人独唱。以上限制,束缚了戏剧的发展。《琵琶记》完全摆脱了当时的束缚,又吸收了南曲民间的所谓"市里之谈"和"村坊之音"。一折不限一调一韵,一折不限一人唱,有两人、多人同场的唱法,更不限四折、一个楔子而成为数十折的传奇。

二、恢复汉族的民族道德:蒙古人入主中原后,汉人的封建道德破坏无遗。同时在语言中杂以元人的方言俚语。旧北方的贵族及百姓,多流亡在南方,在蒙古人统治下,对南人、汉人贱视。南曲在九十年中仅仅保存在南方村坊市里中,抬不起头来,只能奄奄一息地在南方农民、商旅、贩夫、走卒间相周旋,不为士人阶层所注意近百年。《琵琶记》提倡对于父母孝养的道德,也提倡一夫多妻的封建道德(可能当时壮年人在蒙古人奴役之下比例减少。有汉族人希望人丁兴旺的意思在内,现代朝鲜战后就有此情形),剧

226

中对于张广才的特意描写,把他塑造成一个忠厚长者,而又是有正义感的老人,是汉族人民最崇敬的人。

三、唱法和音乐的进步性:北曲多为弦乐,南曲又加了管乐及其他打击乐器。

7月12日

7日晚,北京曲友请我们上海曲友晚饭,在漪澜堂。吃饭后,下画舫,唱到10点钟,走了一些人后,又上山上平台唱一台戏。开锣戏是我的"一江风"小春香,周铨庵《寄柬》"降黄龙",压台戏是伊克贤的《芦林》。画舫上袁二姐一定要钱一羽写上四个大字"昆曲晚会",因为最怕人家说是绍兴戏。全船上只有耀平不会唱,人家要他唱,他说,他要跳海。

身段上的"拂尘",不能分析得太多,基本上仍旧是手的姿势。左手大都是水袖的姿势。

拂尘有:抱拂、垂拂、持拂(正、单、双)、背拂、夹拂、挥拂等。

9月6日

今日发狠去一趟首都图书馆(国子监),9点去,太早

晚年的张允和。

了,要到10点半才开门。我离开国子监,到了安定门大街,绕了一圈,回到国子监门口,洗了个头,进图书馆兜了一个大圈子,最后到了研究参考室。一谈之下,很客气,马上给我一张申请卡,据说颇有些抄本(戏剧),我就想要有身段谱的抄本,先搞了一个目录再说,吴主任说,还可以到傅惜华那儿去看书,岂不更好。抄录了好多资料。晚去陆姐家,排了两遍《婚走》。

《琵琶记》的作者没有把皇帝赐婚作为大团圆,而以蔡伯喈一家回到家乡为结束。这就不落窠臼。南戏之祖,说的是还没有发现比它早的分折子的戏。(周贻白)

拿我们资本主义甚至于社会主义的思想感情来批评《琵琶记》是不妥的。忽略那个时代的主要矛盾来批评《琵琶记》,更是不合乎历史唯物论。14世纪的产物,那时是元朝没落时期。后来明太祖邀高则诚出仕,高以年高未就。太祖把他的《琵琶记》推崇备至,这也是汉族的封建主义重新抬头。戏中很多表现绝后者凶,或者凶婆婆的戏,可是也有歌颂后母贤和婆婆好的戏,如《六月雪》等。

11月2日

下午5点,我带了服装包裹去文联大楼。

演出的秩序极佳。冷了两次场,也没有什么扰动。

除了《卸甲》的剧本不太合适外,其他的戏都说得上标准。《守岁》一出场就抓得住观众,王剑侯的唱腔中有情绪,我的琴童配搭得也好。《胖姑》的小淑春出台亮相好,这出戏很受欢迎。毕竟是孩子,嗓子小一些。许老的扮相好,可惜也是嗓子小。淑春一条向天的辫子,穿我一套小青的衣服,辫子上一朵红花。宜春双丫髻,扮相都美。《出猎》的胡保棣,说白好,扮相第二,工架第三,唱得差些。李三娘身段稳,气氛不够,咬字、唱腔不够好。我的王旺不好,扮相太矮小,没气派,举起手来太轻,嗓子太尖,水桶几乎挑不起。最后的《絮阁》,周的杨贵妃,唱做均佳,扮相不够好。苏姐的唐明皇唱得勉强,表情全无。

今晚周总理、陈叔老(叔通)、张奚若、叶圣陶、康生都来了。我31日去康老家,他说陈毅副总理或许来,结果周总理来了。当这个消息传到后台的时候,大家兴奋得很。我下了妆,坐到第一排,戏完后,我由中间向后,周总理发现了我,和我握手,康生也是。据耀平说,周总理跟他说:"您的爱人也在演戏。"想来是康生告诉他的。陈叔老我没有见过,后来又上后台和我们一块儿拍照。真想不到我们第三次的实习彩排,会有

230

周总理来看,我们得好好地努力。

1958年

11月10日

昆曲一向是演现代戏的,例:一、《鸣凤记》演出时,严嵩刚倒,戏则早已做好。演出时,有人大惊,离座欲去,人告以严嵩已逮捕,始安座。二、《桃花扇》在清康熙时演出,反清。三、《五人义》演出时在魏忠贤出事后四五年。

《剧说》卷三:"《鸣凤传奇》,初成时,令优人演之,邀县令同观,令变色,起谢,欲哑去。弇州徐出邸抄示之曰:'嵩父子已败矣。'"世蕃伏诛是嘉靖四十四年(1565年),此记之成,应在此时。弇州(王世贞)十九岁(嘉靖二十二年,1543年)中进士,万历十八年(1590年)卒,年六十五。

《剧说》卷三:"弇州史料中,杨忠愍公传略与传奇不合",相传《鸣凤传奇》,弇州门人作,唯法场一折,是弇州自填词(集体)。

1978年

11月19日

今天胡忌夫妇请客,庆祝他们调工作。胡忌到南京江苏省昆剧院,黄绮静到南大。主宾十一人,在我家吃饭。胡忌和铨庵录了《寄子》片段。大家大谈昆曲。

晚上,我写了《断桥会》的提纲:

引子:百花齐放,一种花也有各种各样。如菊花大如牡丹,小如星棋。

一、川剧:比较原始,小青花脸,双丫髻,三次变脸。白娘虽俊扮,但三次入场三次膝行(蛇行)。

二、婺剧:白娘、小青均俊扮,小青蛇形身段极多。如手足交叉、斗鸡眼等。

三、京戏:我所见到的京戏唱全本《白蛇传》,到"水斗断桥"还是唱昆曲。

四、北昆:最近北昆演出"断桥"似参考了婺剧改编,词较通俗。服装似"梁祝"。白娘动作太多些。不合产前情况。

五、昆剧:白、青均俊扮(《缀白裘》中有甩发),有时青白蛇头上有蛇额。小青表现很凶,无蛇身段。白娘坐唱曲,

232

较合情理。(参看阿英:《雷峰塔叙录》,参看青木正儿:"今水斗、断桥二出,最流行歌场中。鬼气逼人,别具一种风格,亦杰构之一也。")得俞振飞信,上海《白蛇传》盛况空前,但我未见到,不知道如何改法。

六、越剧:约在1954年,我见到越剧《白蛇传》。剧中白娘非妖,是白总兵之女,寡妇。法海图谋白氏家私,不许白娘嫁人,诬以为妖。白娘小青白衣青衫均为缟素。

11月22日

昨下午胡忌、小黄来,耀平要小黄录广东话备用,我和胡忌大谈曲子:一、平老要搞北京曲社过去资料,从以前开始,我们曲社是压台戏。二、专业团体过去大多有曲社、曲友帮忙,因为昆曲是有文学性的。三、我说要想写信问问吴南青是怎样被打死的。我是瞿安先生的学生,南青是我们光华的同学。四、任二北要写一篇吴梅的文章。五、《缀白裘》可以总结一下。六、郑振铎说昆曲不是地方戏(京剧也不是地方戏)。

11月24日

前昨两天抄了昆曲全福班走江湖的文章。一共二十四页。两天只抄了九页。预备11月27日带给俞老看。

看了日本电影《望乡》。《望乡》《茶花女》和《占花魁》都是关于妓女的中外古今戏剧。都是写妓女的善良(统计元曲,选其中妓女戏)。

昆曲专业和业余的关系,在城市乡镇往往有曲友参加专业演出和指导,南昆如此,北昆也如此。韩世昌、白云生到苏州、上海,都有票友参加演出。

11月25日

《呆中福》和《望湖亭》都是假女婿变成真女婿,"呆"是普通人,"望"是文人。

我很喜欢京剧的《白良关》(《父子会》)。两个花脸,一老一少,一个有胡子,一个没有;两个人脸谱差不多。

在苏州我曾访问"旱船",也去访问过传习所所长孙咏雩的儿媳和孙子。

11月27日

上午10点到俞平老家。铨庵亦来。录了好多东西。我的《惊丑》,平老夫妇的"江儿水",铨庵、朱复的《寄子》。下午听录音,王湜华(王伯祥最小的儿子,我们叫他小弟,又叫十三太保)在座。

1979年

1月15日

11日得四妹信：

　　……我最欣赏的是两件事。一是你的《江湖上的奇妙船队》，二是黄永玉的画。你的文章中有许多事我未见。关于阿荣的文章不知你有无存稿(即《悼笛师李荣圻》)。我们这儿有一讲唱文学讲座，每年一次。可以演唱及演讲，也可以发表文章。但是要英文。这期12月完成，来不及了。如得你同意，我同汉思或其他昆曲爱好者，将此文译成英文。你来信只要Yes or No即可。

14日我、有光到友谊宾馆访匡亚明。

匡是南大校长，此人有骨气，办事有魄力。匡告诉我，南大请陈白尘做中文系主任。中文系要成立话剧、京剧、昆曲小组，还要建小剧院(实验用)。这是好消息，本来，戏剧是中国文学史的重要部分。

1月16日

今天去南沙沟11楼1门2号俞平伯家曲叙。上午12点先在河南饭庄午餐，今天是俞老八旬大庆(腊月初八)。

"俞平伯夫人许宝驯大姐八十四岁，唱《游园》中的杜丽娘，我的爱人张允和扮春香。曲友到的有：俞平伯、许姬传、邹慧兰、许宝骙、朱复、陈颖。笛师崇光起，琴师关德泉。录音周铨庵，报告者，周有光。"这是周有光在录音后的讲话。

尤彩云年初二教昆曲《游园》。乐益教务主任曾教我们唱"收拾起"和"不提防"。

1月20日

今天郑光仪来，看了我的"一江风"，她说：把帝王将相和叫花子戏的衣服放在一个戏箱里，"皇帝与乞丐"、"皇帝与小丑"，都是很有政治意思的文章。郑又说，资料哪里来的，要写注解。

关于这篇文章，胡忌说只要一个Yes。许姬传喜欢"天王铺"和"青龙箱"。

1月30日

晓平看过我的文章,提出:一、本文不懂昆曲的人看不懂;二、要大众化;三、文艺性不强;四、教训口吻不好;五、枯燥;六、一出戏救活了一个剧种;七、昆曲的传播;八、昆曲特点是文学性强;九、允与昆曲;十、不求全。

2月27日

昨晚到家,已10点20分。但是总也睡不着,想到许多许多关于昆曲的事。

第一件事,倪海曙问:"你们昆曲有多少本?能演出的多少?"我回答不出。什么是昆曲,先给昆曲下个定义。是不是用笛子吹的戏都是昆曲?如"吹腔"、《打店》《凤凰山》等,时剧《思凡》中的"山坡羊"原为弦索调,是滚调。从魏良辅以后把各种戏改成昆曲唱法,合南北曲创昆曲。

第二件事,昆曲现代化,要与世界戏剧并提,如莎士比亚和汤显祖(两老都在1616年去世)、李玉和小仲马(《占花魁》和《茶花女》)等,把中国戏剧推上世界舞台。听美国之音广播,要把莎氏四十七个剧本拍成电影。香港从2月24日—3月12日的艺术节,都是莎士比亚的戏。

3月2日

上海南市王慕喆为传字辈起名。

郑传鉴十一岁学《弹词》。拣到一张纸是昆曲。十三岁学昆曲,在苏州桃花坞五亩园(原为殡舍)。《弹词》老师王子和,昆曲老师吴义生。由沈传芷接头生意,郑一直没有离开剧团。

1942年袁雪芬成立雪声越剧团,郑任指导。越剧在上海湖社楼下演出。郑为范瑞娟、傅全香排《绿珠坠楼》。越剧《梁山伯与祝英台》的蝶舞由郑排出。

郑又谈到言慧珠,"文化大革命"时被抄家,言下班回家,写条子放在日光灯内。那是星期六下午。言住楼下,俞(振飞)住楼上。星期日言卧室门开不开,10点才开了门,言穿着睡衣,用绸带自缢死。

李荣圻的儿子和尤彩云的儿子均在上海说书。

3月16日

3月14日在俞家欢迎芝加哥钱××夫妇。周铨庵、宜春的《游园》,淑春、吴受琚的《琴挑》。郑老师表演《议剑》的王允、《别母乱箭》的周遇吉。一文一武,身段架势都十分好看。

后来大家谈昆曲,谢老(锡恩)很不赞成昆曲演现代戏。我的看法不相同。我说,昆曲的传统剧目,可以照原样演出。实际上,昆曲是天天在改,《牡丹亭》原来两条线,现在只演一条线。《游园惊梦》是由《肃苑惊梦》改的,是舞台实践的结果(忽然想起粤剧,写春香和陈最良勾搭,这不好)。

3月25日

把一些想到的记下来:

一、昆曲的保存和发扬(创新)应该是两条腿走路,应该辩证地看问题(和汉字改革一样,汉字和汉语拼音两条腿走路)。不保存不行,有的还要原样保存。

二、昆曲应该提到研究议程上来。要用现代化去整理,科学地分析音乐的优点和缺点,曲牌、乐器、唱法的特点,戏剧文学的整理,舞台的综合艺术(唱、做、道具、布景、美术、雕塑、亮相)等。

三、三个方面:(一)照样保留;(二)整编改编;(三)完全创造。折子戏已经千锤百炼,基本上可以不必改,但小修改适应观众是可以的。整剧如《十五贯》《牡丹亭》的整编或改编。完全创新就是要创出新剧种来,(其实京剧不是一开始叫乱弹吗？）混合许多剧种成为一个大剧种，也是进步的。

四、昆曲和昆剧，我说要分开。要知道有些剧本一直在舞台上没有出现过，那是昆曲，不是昆剧。昆剧是有舞台实践的，实践大部分是历代艺人的再创造。不能演出的，或是没有唱过的，我们可以叫它"书房曲"，也有过去在舞台上被淘汰的昆剧。

五、昆曲的特点。

六、昆曲和其他剧种的关系。

七、一切的文字记录，都应该给人以历史和地理的信息。

八、古为今用，"厚今而不薄古"。继承优美的，去其糟粕。如果说现代还用青缸灯照明就不对了。古的、好的，保留就是不薄古(有光讲的，这是姚德怀先生请有光写的题字)。

昆曲不宜于现代戏，也可以说话剧不宜于古代戏，但也有例外，《蔡文姬》话剧比昆剧效果好。因为话剧已经演出多少次，大家比较熟悉。演员阵容比昆剧整齐。一台戏是要千锤百炼，反复经过多少人的意见和修改的。

3月31日

北京昆曲研习社于1956年8月19日召开成立大会。属于市文化局,每月津贴两百五十元。1960年11月20日宣布自1961年起由北京市文联领导。《社讯》10期(1958年8月17日—1963年12月15日)。1964年曲社自请解散(有《允和曲记》1957年9月—1958年7月31日,但部分遗失)。

4月15日

要演折子戏,也要演整本戏。本戏中现在已有《十五贯》《西园记》《牡丹亭》《长生殿》等。应该再有《琵琶记》《荆钗记》《风筝误》《呆中福》《占花魁》《牧羊记》《幽闺记》等。

折子戏中有三刺:《刺虎》《刺梁》《刺汤》。《八义记》中的折子戏,《桃花扇》中的折子戏,《永团圆》中之《击鼓堂配》,《白蛇传》中之《水斗断桥》,玉茗堂四梦中之《番儿》《三醉》《折柳阳关》,《玉簪记》中之《琴挑》等。

4月16日

我怀念全福班的三位老师:尤彩云,花开时节又逢君;徐惠如,唱煞《琵琶记》、做煞《荆钗记》;沈盘生。

4月19日

俞老：南曲有北音，北曲有南音。

许宝驯：昆曲就是一种。

周铨庵：北昆有高阳腔。

俞老：昆曲由南北来，京昆亦如此。

周铨庵：欧阳予倩唱法和南方昆曲一样。

俞老：昆曲统一南北曲，不是古代的南曲和北曲。

4月20日

昨天在俞老家一整天，晚在铨庵家。上海孙天申来唱曲。

为周铨庵写"欧阳予倩先生的昆曲艺术"：

1959年，欧阳老已经七十高龄，才录了几出昆曲，这是他一生中第一次录音，也是最后一次录音。那一年北京昆曲研习社正在排演全本《牡丹亭》，为国庆十周年献礼，欧阳老给曲社很多的帮助。记得有一次，欧阳老先生在大雨滂沱中，也到曲社指导排演。

4月29日

上午9点,俞老夫妇到,最老的大姐八十五岁,听过去几次的录音,欧阳予倩录音的最后是"俞平伯鼓、朱传茗笛、周铨庵笙"。上午到的是:许宝驯、俞平伯、潘清如、谢锡恩、许宝骙、周铨庵、陈颖、朱世藕、许淑春、关德泉、张允和。

下午参加欧阳老纪念昆曲的是:周铨庵、陈颖、朱世藕、关德泉、汪健君、杨忞、樊书培、徐书城、朱复、崇光起、朱家溍、韩久成、张允和。上下午共到十九人。

上午唱曲:

一、《学堂》:朱世藕、俞平伯

二、《游园》"皂罗袍":许宝骙,"步步娇":许宝驯

三、《惊梦》:周铨庵、许淑春(表演)

下午录音:

一、《学堂》:朱世藕

二、《琴挑》:朱家溍、朱复、徐书城、杨忞

三、《折柳》:樊书培、杨忞

四、《阳告》:周铨庵

五、《思凡》"诵子":朱世藕

我与朱世藕第五次见面:一、在周铨庵家(4月19日);

243

二、在我家;三、看《李慧娘》;四、在铨庵家(4月26日);五、今天曲叙(4月29日)。

5月14日

12日到俞平伯家。下午录了许宝驯(俞夫人,八十五岁)的《游园》,我配春香。俞先生的《活捉》。公园里牡丹花开得好盛呀,我都没有办法形容它,美极了。

6月13日

给俞平伯先生信,胡忌稿:

平伯先生:

我们是原北京昆曲研习社的成员,本于继承和发扬我国民族文化优秀遗产——昆曲的传统,认为在目前的大好形势下,有必要恢复过去这个组织。在"古为今用"的原则下,给祖国的文化事业作点儿贡献。

北京昆曲研习社,在1956年到1964年期间,在您的领导下曾经团结了广大的业余昆曲爱好者,在昆曲研究和实习方面,做了普及和提高的工作。这是值得纪念的一页。现在我们准备重整旗鼓组织起来。在党的领导下，贯彻"百花齐放，推陈出新"的精神，更好地做出成绩。恳请先生仍然领导北京昆曲研习社，这是我们大家急切而一致的愿望。

7月30日

一个月了，虽没有写日记，可是事情一大堆。曲社恢复的事，不是一件轻而易举的事。前途未可限量，也未可乐观。

写给俞平伯先生的信1979年7月6日发出，12日得复信，不能主持。我拟一信稿请王湜华同志转傅润森、徐书城、楼宇烈、宋铁铮、陈颖、肖漪同志。

我们原北京昆曲研习社，签名恢复有五十八人，现在我们暂时成立筹备恢复小组九人。

第一件事是如何写信给市文化局和市文联，请求恢复。

第二件事先健全小组工作。

发一通知(给曲社筹备恢复小组)：

××同志：

北京昆曲研习社筹备恢复小组定于1979年8月5

日上午9时在沙滩后街55号开会。请准时出席。

讨论项目:(1)各组分工问题;(2)如何对内外联络问题;(3)呈报市文化局与市文联信件问题。

周铨庵、张允和

1979年7月31日

8月2日

今日拟呈文化局、文联信稿:

引子:为什么要恢复昆曲研习社,抢救、发扬。一定要提高到学术水平。兰花、周总理。

一、昆曲在中国戏剧史上的地位。昆曲不是地方戏(郑振铎在1957年座谈会讲话)。昆曲是综合性戏剧,熔文学、音乐、舞蹈于一炉。有四百多年历史。昆曲与其他剧种都有关系。

二、昆曲在世界戏剧史上的地位。英国莎士比亚与中国汤显祖是同一个时代戏剧家。现代要与国外交流,研究昆曲。国外有人来中国向复旦大学赵景深先生学习,在美国有二十多个大学演唱学习过昆曲。有位德国戏剧家还把京戏提高到文学史的地位上。

三、北京昆曲研习社创立和经过:主要突出1959年国庆十周年献礼,一百年没有演出的全本《牡丹亭》及其他折子戏等。

四、今后准备做的工作:研究整理、办好刊物,与国外交流,发挥曲社的历史作用。我们希望恢复曲社,以便抢救、整理、研究、发扬昆曲的优良传统。

8月8日

北京昆曲研习社的恢复小组8月5日晨在我家开会。九人:周铨庵、张允和、傅润森、王湜华、徐书城、楼宇烈、肖漪、宋铁铮、陈颖(宋未到)。决定小组工作分配。10月间举行《长生殿》三百年同期,预定1986年纪念汤显祖(1550—1616年)逝世三百七十周年,把汤显祖推上世界戏剧舞台(美国已在筹备莎氏逝世三百七十年现代化演出及电影)。

《长生殿》的报告,最好请吴晓铃同志写。

拟信稿寄曲社同人。

10月11日

今天晚上,曲社在文联同意下,第一次恢复活动。下午4点先在我家(本来每周四有一次练习),晚饭后,我们五

247

人(铨、世藕、惠桢、淑、我)同去文研院。到得太迟,中国新闻社已有记者来过。我们到时已7点45分。他们明日再来。

到会二十三人,还有一些来宾。大家要我谈谈,我谈:"首先,我很抱歉,我们来迟了。因为太高兴了,吃晚饭耽搁了时间。"简单谈了恢复小组的工作,如楼宇烈写申请书;王湜华写计划;陈颖的奔走等。也谈到"铨庵和我是家庭妇女,对曲社恢复工作做得很不够"。也谈到俞平老过去领导的成绩,我们还是向他汇报一切。

除了铨庵、惠桢、安安之外,差不多和每个人都谈了一两句话:我和梁寿萱说,"那张《寄柬》照片(梁的红娘,姜宗裉的张生,我的琴童),我可能印在文章上。"梁说:"不好!"我说:"有什么不好,我是主角(其实我是配角)。"宋铁铮的母亲来,宋的父亲是我的光华同学。我们谈得也好。我夸了铁铮很能干,又像他母亲那样漂亮。傅润森的父亲也拄拐杖来了,我向他问好。许承甫夫妇(许雨香子)也谈了话。我本来不认识他们。

我请关德泉为大家多吹笛子(关从我家骑车去的)。知道莫暄在练习《贩马记》,最后我认识了李小燕,问他妹妹李梅为什么没有来。李说:"通知今天下午才到,来不及通知妹妹。"跟王湜华谈到写规划信,俞平伯接到信说:"湜华是能写文章的。"他的夫人和两岁半的女儿都来了。我向张基成、朱尧亭问好。徐书城告诉我,已将《长生殿》介绍写好。

我几乎跟所有的人说了一两句话,这是我十五年来第一次作昆曲交际。我是召集人之一,也算是主人吧!

陈颖2月10日叫我写信给项馨吾、陈安娜(海外)、四妹。接到徐樱的《寸草悲》。李方桂夫妇也是夏威夷大学的昆曲曲友。《寸草悲》中有四妹的信。

昨晚归途我问小点,我的讲话,她的反应。她说:"干妈很有口才,不快不慢,也很谦虚。"

冷克说我,七十一岁那么精神,对昆曲爱好,字写得漂亮。天呀,我的字!

11月19日

为电台写点情况。

北京昆曲研习社,是1956年俞平伯先生主持下成立的。1956—1964年的八年中,举行了四十多次彩排。其中有传统戏四十多折,曾节编全本《牡丹亭》,参加1959年国庆献礼,举行更多次数的大小曲会,其中规模最大的,有纪念汤显祖、关汉卿、曹雪芹及《琵琶记》的曲会(又叫同期)。

曲社中断十五年后,在今年(1979年)10月11日恢复活动。10月21日,在文学艺术研究院举行了《长生殿》三百周年曲会。唱了《絮阁》《小宴》(全折)、《闻铃》《迎像哭像》《弹词》片断。

现在准备在12月中举行庆祝恢复北京昆曲研习社的彩排,演出剧目暂定以下三个:一、《琴挑》,明·高濂《玉簪记》中一折。由吴受琚扮演陈妙常,许淑春扮演潘必正。她们都是过去的学员,初次演出时仅十四五岁,是沈盘生和周铨庵老师教的。二、《夜奔》,明·李开先《宝剑记》中一折。由蔡安安扮演林冲。他也是过去的学员。除在曲社学习昆曲外,二十年前曾拜北方昆曲剧院侯永奎老师学习《夜奔》,最近蔡见到侯永奎老师,老师已半身不遂。老师见到学生,十分高兴。说:"《夜奔》,你奔……"蔡现在北京话剧院工作。三、《断桥》,清·方成培《雷峰塔》中一折。由周铨庵扮演白娘子,朱心扮演青儿,宋铁铮扮演许仙。周现年六十九岁,曾在全本《牡丹亭》中扮演杜丽娘;朱心离开舞台生涯已二十多年;宋铁铮早期在北方昆曲剧院,现在文学艺术研究院工作。

以上三折戏,都是昆曲传统优秀剧目。曲社在演出时,较多注意保留原来的传统形式。

1980年

1月26日

今晨张秀莲来,她写过一篇《昆曲简史》,我们谈了些问题:北京昆曲研习社过去情况,南北昆曲问题,我说这个问题有待澄清,只有南曲、北曲,没有南昆、北昆。要有,是流派问题。昆曲就是昆曲。一提南北昆就有宗派思想。郑振铎说:"昆曲不是地方戏",在历史地理上,是主流,是遍于全中国的。当初魏良辅要不是糅合南北曲,就没有昆曲了。现在也要"拆得堤防纳众流"。

5月21日

送出申请书,八份我都写了意见介绍。简记如下:肖漪原为中学历史教员,能导演能演出。陈颖先学京戏,后学昆曲,对昆曲有特殊爱好,工作积极。莫暄对话剧、京剧有长期经验,精于戏曲电视录音业务。徐书城致力于舞台美术工作,曾发表一些美学论文。王湜华负责曲社文书宣传工作,精于汉语及诗词,能篆刻,对于中西音乐均有基础。宋铁铮有一定的舞台经验,能写文章,致力于中国传统戏剧舞蹈工作。张允和原为中学语文、历史教员及编辑,能改编传统剧目及创作现代戏,能演六旦戏,曾试演小丑。

5月28日

票子发八位政协委员:钱昌照、沈性元、章元善、周有光、倪征、叶圣陶、俞平伯。另发:吴小如、吴晓铃、张伯驹、王西澂、许姬传、陈中辅、顾森柏、金紫光、汪健君、杨荫浏、杨景任(张奚若夫人)等。

6月10日(节选)

昨晚曲社在王府井24号"少年厅"(原天主教救世军教堂)演出,情况良好。

一、《游园》杜丽娘扮相秀丽,春香活泼。仅训练不到3个月,第一出压了台。

二、《写状》李桂枝唱做俱佳,扮相差一些。赵宠扮相好,开始有些怯场,后来渐好。四青袍上轿下轿没有做,在台上打转转。群众善意地大笑。

三、《夜奔》极好!就是"劈叉"时歪了腿。扮相俊美,表演细腻,此儿大有可为。

四、《断桥》白娘娘表演好,嗓子差一点儿。小青很凶,许仙脸太红了些。

五、《三挡》张紫嫣(梁寿萱)极好,朱家潽亏他。小生漂亮,花脸有威,只是过场太多些。

今晚陈颖来结账,票款九十余元,尚有三十多元未收到。付出行头六十点一五+租场六十+其他四十=一百六十左右,可能赔四十至二十元。

6月15日(节选)

以下座谈摘要:一、沈性元、钱昌照说,《游园》不错,老师教学有方,青年演员努力。李桂枝唱做俱佳,《夜奔》好极了,《断桥》白娘娘扮相好,《三挡》真了不起。二、乐倩文等特别欣赏《夜奔》。他说,你们唱一次,我看一次,我们百看不厌。下次电视台录像时,也叫曲社通知他们。三、吴小如今天有事不能来。昨天《北京晚报》的记者来,给我(允和)看了小如同志写的一篇谈《三挡》的文章,可能明天晚报发表。还有好多同志谈论,蔡安安还接到不认识的一个人的一封热情洋溢的信。

其他发言者有:夏淳、张伯驹、许姬传、吴晓铃、李万春、傅雪漪等(有录音带)。

谈了一些问题,如联系南北昆曲界;大学演出;使得看戏的人,不要都是遗老和遗少;票房很难维持,应该学习日本,政府要把昆曲养起来;京剧都很悬,都是老年观众;昆曲要以继承为主;昆曲也要一个小剧场。

7月13日

今日开会带物:签名簿、同期本、笔(交朱复)、茶叶、收据(王汉华)、茶杯、皮包、粮票、允笔记本。

在汇报我参加市文联第四次大会前,我们在6月9日演出时,蔡安安因服装不合适,又因医治不当,几乎酿成事故。好多人都去看望蔡安安。我这里代表曲社向蔡安安同志表示慰问。

现在我汇报这一次我代表曲社参加第四届市文代大会的一些情况。参加大会的有六个协会:戏剧家协会、作家协会、美术家协会、音乐舞蹈家协会、曲艺杂技协会、摄影家协会。代表六百多人,剧协人员多,有两百多人。三届市文代会到现在已经十七年了。

我参加了四次大会,两次中型会(剧协),五次小组会。听了林乎加、曹禺、赵鼎新等人的报告。我只汇报跟曲社有关的三点：

一、"二为"和"二百"：这是基本问题。"二为"是"文艺为人民服务，为社会主义服务"（跟过去提法不同，过去是为工农兵服务）；"二百"是"百花齐放，百家争鸣"。……"二为"是方向，"二百"是实现"二为"的方针。

二、关于传统剧目（当然现代戏是第一位）：传统剧目要重视，要"推陈出新，古为今用"。肯定了建国十周年（1959年）北京市的献礼演出（曲社参加演出全本《牡丹亭》）……是一次优秀文艺作品的集中检阅，思想水平、艺术水平比较高，题材、形式、风格多样化。又谈到北京市传统剧目多，尤其是京剧。表演力量雄厚，遗产很丰富。凡是无害的剧目，都可以整理加工演出。

三、业余文艺问题：作家协会会员百分之七十是业余的。但是戏剧（如昆曲）业余的不好办，不能光靠"笔"，还要有舞台实践。

大会精神看来还重视业余，好多次提到这个问题。像最近三年群众业余创作蓬勃发展。目前出现的某些优秀创作和演出人才，也还是"文化大革命"前培养出来的。又说，除了专业有成绩，另一支更庞大、更雄厚的创作是业余创作队伍。

255

我在文代会做了两件工作：一是为曲社写了一个书面报告，二是为小组做了个小结。也写了一些建议。

郑传鉴来，刘邦瑞来。殷菊侬在香港。

1981年

1月17日

允和汇报：

俞平伯领导八年(1956—1964年)打下了基础，他的领导十分好。现在恢复曲社，曾联名找俞，俞因年老多病坚辞。我们只好先成立了筹备小组。1980年2月正式成立，到现在不满一年。

周铨庵汇报恢复后情况：三次演出、八次曲会、座谈会一次、《社讯》一期。研究挖掘传统剧目。

今年初步设想，演四场戏，与北昆、古琴会合作演出(二至三次)；参加传字辈六十年纪念会；七至八次曲会；记录老艺人、曲友回忆录；整理曲谱、整编传统剧目，培养下一代等。

2月15日（节选）

"是不是可以说，昆曲是继承唐诗、宋词、元曲的一线系统而又加上南戏成为一个中国戏曲的主流（诗、词、歌、赋、曲的韵文的总汇）。所谓昆腔是昆山魏良辅把它糅合在一起，它雄踞中国剧坛有三百年之久。"（允）

北方昆曲剧院的教师梁寿萱、演员张玉雯、李梅都是北京昆曲研习社社员。江苏省昆剧院王亨恺也是北京曲社的。胡保棣是1959年由曲社去上海戏校的。

叶仰曦谈："元曲家能唱能写能作曲，关汉卿宾白由演员说，但白与曲文一致。""昆曲全国性。""《十番》（打）应该搞，有南《十番》（打）与北《十番》（又吹又打）。"

周铨庵说："袁老太太生日，我演女加官，沈盘生演男加官。女戴凤冠加凤冠（官上加官？），男加官加条子。"

谈到《岗旗》。引子允和写，尾声俞平伯写。前半本俞词，许宝驯曲；后半本允词，吴南青曲，最后由张允和调整。

8月7日（节选）

允和演出前讲话稿：

我们北京昆曲研习社，是一个业余文艺团体，恢

257

复不到两年。

今天这次彩排的目的：

一、暑假联欢，和社内、社外的昆曲爱好者大家联欢。

二、欢迎从美国回国的国外昆曲爱好者陈安娜女士，安娜女士非常关心曲社，给我们很多精神和物质的支持。

三、剧目因时间仓促（五天之内加工排练）不够成熟，希望大家要不客气地给我们指教。

在剧目的演出人物中，特别要提两位同志。一位是朱世藕同志，她这次在《胖姑》中反串老生，她的本行是生、旦，也能演丑角，可是演老生还是第一次。另一位是最后的剧目《惊梦》中的周铨庵，她已年过七十，这次应社员的要求，演杜丽娘（虽然近来患感冒，还是给青年演员作示范演出）。

还有我们由音乐组张琦翔、沈化中训练的青年场面，他们是我们演出中的无名英雄。

最后，感谢师范大学借给我们这样好的礼堂，感谢北昆剧院给我们的支持。因为只有五天时间排练，《夜奔》只能演片段，这出戏的锣鼓点比较困难，我们

258

青年同志连日连夜排练，精神可嘉，可是仍然不能令人满意。

10月24日（节选）

昆曲的韵文不但在曲子上，也在韵白上。现在搞戏，不注意韵白，所以人家叫话剧带唱。

1983年

1月13日

10日发了通知，10日晚就病，这两天好些，把开会的东西交代一下：

一、楼宇烈、周铨庵：我不能主持会议，请您两位主持。我因病已有半年不能为曲社工作，长此以往，耽误了社务工作。今后仍无法担任曲社主任工作，现向社委会提出辞职，请社委会批准。社委会可重新安排。

1983年工作计划，我建议：一、演出两次（周铨庵、蔡安安）；二、《社讯》一期（王湜华、徐书城）；三、曲会七次（陈颖、杨大业）；四、演讲一两次及其他活动（周妙中）。

关于本社经费希望向吴波同志处联系。

我已将印章暂时移交周铨庵,账目等交王汉华。

6月2日

5月29日4点半参加欢迎江苏省昆剧院的同期联欢会。

见到张继青、王亨恺、石小梅、林继凡等人。郑山尊、夏淳讲了话,即退席,到一百多人,盛会。

继青见到我说:我到北京演出,心里"打鼓",我说:"外国都去过,怕什么。"她也四十六岁了,也和我同病相怜,有胆囊病。我问她记得头一次见到我时说:"个位是小迪子的娘娘哦!"她说记得。

12月16日

今天上午参加北昆侯玉山、马祥麟、吴祥珍九十、七十、七十五诞辰。侯玉山唱《嫁妹》是高潮,因为会场布置得不理想,都是坐着讲话,唱戏时才站起来向麦克风讲话。来宾讲话,只有南京胡忌和我是站着说的,我说话时鸦雀无声。如果今天我不去,就是樊书培讲话,我抱歉地对樊说。樊说,你说得好,说的是实质性的事。

我送了一本《社讯》给周扬,我说话后,周扬站在我身边拍照,我跟周说:"周有光是我的爱人,您是他的政协社科部的组长。"周说:"周有光能说会道,多才多艺。他也会唱昆曲。"我笑了:"周有光对昆曲一窍不通。"

我说话之后,号召曲社同人合唱《长生殿·小宴》的"天淡云闲"。胡忌、洪雪飞、梁寿萱等人来唱不稀奇,俞琳(文化部艺术局副局长)也站在胡忌边上唱,唱完周扬问:"您也会唱?"俞琳说:"全忘记了。"据说俞琳是过去北大曲社的社员。

胡忌由南京赶来赴会,会后胡和张寄蝶来我家吃午饭。

侯菊的琵琶先是张培仁,后是关德泉教的。

姜涛要我们曲社请他做"联合社员"。王惕母亲今天把保存三老的照片及文物,赠送三老,很有意义。

今日四代同堂,侯玉山第一辈、侯广有(二)、侯菊(三)、少年(四)。

陈朗搬家团结湖,这两天不见人。

曲社到庆祝会的有:樊书培、周铨庵、杨大业、周妙中、朱复、关德泉、王湜华、朱家溍、姜涛、张允和、陈颖、傅雪漪、侯宝林、李万春、梁寿萱、朱世藕、王潘郁彬(王西澂夫人)、王惕、王纪朝、洪雪飞、严渭渔、张玉文、俞琳、胡忌。

1984年

1月14日

昨日下午3点多,忽然心绞痛,马上用"炸药"吸入,开了大档氧离子,20分钟情况良好,就一直躺着没有起来。今早起来,仍然蒸了两个鸡蛋(已经吃了近三个月了),杨大业来,杨仍要我担些社名,再考虑吧!

曲社应开社委会解决问题。联合社员(名单三本)、改选、年内奖金、学习班、演出等事(姜涛来信)。

春节要拜望:一、文化部俞琳;二、市剧协夏淳;三、俞平伯;四、文化局田兰、江雪。

送照片:周扬、俞琳、胡忌、侯玉山、马祥麟、吴祥珍等人。听说新华社照的彩色照(侯玉山会)很好,有我和蔡瑶铣的一张特好。

6月2日

这是曲社恢复以后第九本日记(启名送)。

一、诗会讲话(允):

二千三百多年前，中国伟大的诗人屈原，提议"彰明法度，举贤任能"。可是他自己却招谗受妒，在五月初五投汨罗江而死。

北京昆曲研习社部分同志参加《老年杂志》举办的"诗会"，纪念这位伟大的爱国诗人。又把明代词曲家郑瑜所作的《汨罗江》杂剧一折，由昆曲研习社研究组组长周妙中同志打谱，七十四岁的前师大附中教务主任吴鸿迈演唱其中一曲，关德泉伴奏，敬献于"诗会"，作为前奏曲。

祝愿各位老年诗友，"老当益壮，不失赤子之心；志在千里，老骥何必伏枥！"

张允和

1984年6月2日

二、声韵母诗：

周有光：

屈原是伟大的诗人，伟大的爱国主义者，伟大的知识分子。今天我们纪念屈原，继承他振兴祖国，发扬文化的永恒愿望。

利用诗句，帮助分辨和记忆声韵，是我国的传统。明

263

张允和与周有光晚年伉俪情深。

朝声韵学者兰茂作"早梅诗",这是传诵最广的声母诗。我学作声、韵母诗各一首,奉献于今天的"端午诗会"。

我的声母诗又名"采桑诗",由古乐研究所关德泉同志作曲,我的老伴张允和吟唱。

1985年

1月3日(节选)

下午3时40分,胡忌夫妇和李世瑜来,李说:"四个曲社碰头:北京、天津、南京和美国。"

北京情报研究所美国中国学专册,有年会(无经费)A.A.S(Association of Asian Studies)希望美国有一个昆曲研究会。

抢救中国传统文化和没落的亚洲文化,如昆曲、大鼓(昆曲牌子比较硬),推动昆曲工作。

李、胡来此一年内把这个组织带起来,以外促内。

"演员不上台,比死还难受。"

中华人民共和国成立初期华东会演的一些剧种现在已经没有了。

李补充:国际昆曲研究组织互通消息,争取基金,请王安基金会支持(各种曲艺)。天津南开大学、多伦多……昆曲也要国际性。

(香港)昆曲我们不抢救,我们一代有责任。

世界各地昆曲能演出的,录像。

今天会议有历史性。

2月7日

宗弟来信:

我想志成兄的昆曲有一定的声望和贡献,是否请大姐为他写一篇传记,也好作一纪念,没有任何限制,要怎样写就怎样写。目前国内亟需这一类的材料,若有照片附几张更好。

……又你们组织的"国际昆曲研究会",江苏省昆曲研究会参加事,我已另去函四姐、二姐处联系。若大姐处有什么消息……研究会刊物《昆剧艺术》准备发表照片,后请附加说明……

6月17日

16日我们曲社在中和演出,都是年纪大的剧目:一、

《打子》——马庆山等;二、《絮阁》——陈颖、楼宇烈(代傅雪漪)、朱尧亭;三、《告雁》——朱家溍;四、《后亲》——周铨庵(三夫人)、朱世藕(韩琦仲)、詹美娟——王纪英、丑丫头——李倩影。

本来我演过七次《后亲》中之丑丫头,现在有光不让我演了,太老了,七十六岁了。李的还不错,比我活泼。三个岂有此理倒是李说的,惹人大笑。

在后台见到蔡正仁等。

今天写三信:三妹、丹菊、汪健君。

《光明日报》1985年6月16日有题"江山代有才人出",谈到张继青出国(西德)演《牡丹亭》事。

6月21日(节选)

引子:

北京昆曲研习社过去和现在的成绩是和俞平伯……分不开的,1956年8月成立,《十五贯》,三十多人,两年后一百人,1964年停办,1980年正式恢复。

过去演出不是一件简单的事,要后前配合得好,每出戏有人把关。俞先生时,我们曲社组织很周到。一出戏排演,要花很多时间。陆剑霞同志(陆麟仲夫人)自己很少演出，可是后台能手，每个演员出场，她都从头到底仔细周详。所谓宁穿破，不穿错。还叮咛嘱咐该注意什么事，尤其对于年轻的初次出台的小演员。

那时候曲社有一班女将，陆剑霞、伊克贤、苏锡龄、许宝驯(俞夫人)、许宝骙、周铨庵、袁敏宣(来人各人分工)，大多是家庭妇女，全力以赴。

一次演出就是一次战斗，前后台的工作人员比演员还紧张。我现在不参加演出了，但是曲社一演戏，我虽不管前后台，只坐第一排看戏，戏看完了回家，往往连饭都不吃，就睡了。为什么呢？每出戏，有每一出戏的演员，我看几出戏，尤其是青年演员初次上台，她们在台上唱得不一定出师，我在台下手攥得紧紧的，一手心全是汗。

不是舒舒服服看戏，而是紧紧张张地看自己的戏。曲社恢复后，虽有几次演出，可是组织不够好，这是我们正在设法改进中的。

过去，清华、北大都有我们的曲友。汪健君组织的西郊小组，经常举行小同期，有时邀请我们演出。现在北大组织了戏剧爱好者协会，副校长朱德熙、林焘夫妇、汪健君等都经常参加每月一次的活动。最近师大又邀请我们配合明清文学史彩唱了一次。

楼宇烈还能演,张允和(我)也为大学分校漫谈过昆曲。

我们希望大学中文系能有昆曲,中国音乐戏曲学校、学院更要讲昆曲,音乐学院也应有昆曲课程。

这些工作我们做得很不够,还在探索。

经费来源:曲社开始是由王昆仑、丁西林大力促成的,北京市文化局自1956年8月到1964年8月,每月给我们津贴两百五十元。这段时期内,我们除社员每季交很少的社费外,社员请笛师拍曲,交费四元。曲社每月收入在三百元以上,每周拍曲一次,演出有时还有点小收入,每个月存钱,用十元一月租了陆剑霞的房子,租一间,借给两间用。到1964年结束时,我们有了一些行头,有两副水钻头面,一副点翠、凤冠,《游园惊梦》的杜丽娘、柳梦梅的服装,《小宴》的黄帔,《后亲》的红帔、褶子等。彩鞋、福字履、靴都是个人自备的。

1980年正式恢复后,经费很紧。直到1983年年底才拿到文化部每年津贴一千元,北京市文化局也一千元。没有经费时,我们惨淡经营,三年中,北京剧协帮了很大的忙。有些开支每年可以报销三四百元,譬如演出、借皇城根小学。经常在费用不足时,收到国内曲友沈性元、钱昌照及美国曲友的捐助。没有一些昆曲爱好者的捐助，维持不下去，还有曲友蔡安安办了一个训练班，所得全部捐给曲社。没有这许多昆曲爱好者帮忙，恢复后头三年是不可能办下去的，这都是社会的力量。

在这物价高涨之时，开销还是紧一些，曲社的同人有信心，办好我们的曲社。

（草稿录音）

7月16日

昨得通知，今天约铨庵同去，等了一个半钟头，到会议室已10点。

姜椿芳主持会议，到会约二十四人：两位记者、曲社有五人（周铨庵、陈慧、沈性元、黄人道和我），江昆来了四五人（正副团长、继琨、张寄蝶等），约十人讲话，我是倒数第二名说话：

　　我说：我的希望今日得到。一是昆曲上世界舞台，今天江昆去了；二是提高昆曲研究水平，今天要组织昆剧艺术研究会。

　　要研究必须占有资料，昆曲不像其他文艺，必须有舞台的东西，所以我想应该"三录"，录像、录音、录文(最后)。提倡三录政策。

最近江苏省《昆曲艺术》，要我们写一些北京曲社情况，我做了一个总结。一、我们如何培养青少年，外送的有王亨恺(江昆)、李梅、张玉雯(北昆)，还有上海。二、演出传统剧目，早八年四十五个，恢复后四年增加十个，共五十五个传统剧目(有发掘的《告雁》等剧目)。三、打入大学，北大有小组，朱德熙副校长、林焘主持。最近配合师大明清文学史演出《寄子》《游园》《小宴》。

还有，目前提出的到外国去要写五线谱，我们已有人在做。曲友谢锡恩(周铨庵丈夫)不但翻成五线谱，而且用汉语拼音记曲，唱来更科学(现代化)，外国人一看就能读出音来，字头字腹字尾落在何处很清楚。

小剧场问题，我们也奔波过，可以利用过去的会馆。

散会前，《人民日报》记者易凯说要来采访我。

最后是姜椿芳说：现在文艺界内外有两个政策，对内

271

抢救传统的东西,对外输出古老的东西。前天蔡安安也这样说。姜又说昆剧艺术研究会挂钩在政协文化组。

会中有人提倡来一个中国戏剧节,来一个小舞台,有茶座。

推出研究会筹备组,有姜、柳祺、刘厚生、丛兆桓、郭汉城等人。说是暂以北京人为限,研究会是全国性的。

7月27日

凌晨3点25分觅得史可法沉江杂剧。

海内外曲友们:

今天我代表北京昆曲研习社欢迎由美国归来的曲友倪征同志和陈安娜女士,倪征同志是去年荣任海牙国际法庭的大法官,这是我们国家的荣誉,我们向倪征同志致以热烈的祝贺。陈安娜女士我们曲社都知道她,她每两年来休假,都来北京,在国内学习昆曲很努力,能吹、能唱、能演,我们欢迎她等一会儿表演。

趁这个机会,向曲友报告一件大喜事,就是本月(7月)16日,全国政协文化组、全国戏剧家协会召集了一次会，欢迎参加西德文艺节回来的江苏省昆剧团，要组织全国昆曲研究会。

7月28日

今天是不平凡的一天。早上8点启名和我去羊肉胡同市民盟。第一个到的是俞欣（平伯次女），来的客人有吴波、俞琳等人。

倪征因事迟到。我讲了话，欢迎倪征和安娜，又告诉曲友成立昆曲艺术研究会事。大家鼓掌热烈。

俞琳唱了"天淡云闲"，四人帮腔。

倪征唱了《拆书》的"一江风"，安娜唱了《寻梦》，吹了《惊梦》。

最后我请教倪老高龄时，他高兴地说："今天就是我七十九岁的生日。"我向大家宣布了，又是一个高潮。倪捐了两百元作为已故传字辈纪念会费用。

我和俞琳谈了今年11月纪念已故传字辈演出事，他让我向姜椿芳联系。翟波说，如把任务交给我，就好办。

今天唱曲的，最老的八十岁，最小的包立之女包莹，今年九岁半。

最后，杨敏如跟我说，叫我把《不须曲》整理发表在《群

273

言》上，她是《群言》的编辑。

倪征对俞琳说："张二姐沟通中外昆曲很有成绩。"吴波第一次见面，谈来是同乡，曲社经费，吴很出力，我谢谢他。

我的讲话谈了"两个愿望"、"三录政策"和"曲社三项成绩"。

8月20日

昨接杨敏如信。接"发起成立昆曲艺术研究座谈会记录"：

张允和(北京市昆曲研习社负责人)：昆曲要研究的很多，要占有资料。这几年，我们研习社在这方面做了点工作。

我们昆曲研习社，也在打入大学。北大有一个戏曲爱好者协会，主持人是副校长。春节我们配合他们(是师范大学)的明清文学史进行了演出，很受欢迎。我们也在把昆曲谱成五线谱，还把侯玉山先生花脸戏整个记下来了。现在成立研究会，这是我们昆曲业余爱好者共同的心愿。

9月19日

把"编者的话"打了个底稿。

今年7月16日,由全国政协文化组和中国戏剧家协会联合召开的"昆曲艺术座谈会",请江苏昆剧院介绍赴欧演出盛况,同时筹备小组成立"昆曲艺术研究会"。

10月间北京京昆振兴协会将举办京昆艺术节,有二十台戏,规模相当大。

11月"一出戏救活了一个剧种"的演出者浙江省昆剧团将来京、津演出。随后我社将纪念已故传字辈的主要演员顾传玠、朱传茗、张传芳的演出。北京京昆爱好者大有眼福,这是中华人民共和国成立后昆曲的第二个春天。

现在是务实的时候了。我们有三个基本愿望:

一愿加快速度抢救老艺人身上的绝技,也是抢救剧目,全中国的昆曲老艺人已经寥若晨星,南方的俞振飞先生和十四位传字辈,北方的侯玉山、马祥麟、吴祥珍。周传瑛同志说,传字辈的四百多折戏,传下来的不过一百多折。北方九十三岁的侯玉山老先生，他的净角戏虽然已由曲社关德泉整理了五十六折，但是只是用文字记录下来，还没有再现于舞台。我们希望"三录"政策，录像、录音、录文。抢救和传下去传统剧目。

二愿北京专门为昆曲搞一个小剧场。北京有许多旧式会馆，利用会馆的旧剧场改造像苏州拙政园的古典剧场。一来合乎昆曲演出的要求，二来可对外开放，使之成为外国旅游者最好的娱乐场所，三来也可以吸引国内的观众。

三愿组织观众。有戏没有人，也是无用，一定要在各大学组织观众，不但是文学院。北京大学已经这样做了，送戏上门，为同学们包场演出。

我们曲社愿意在振兴中华的昆曲艺术事业中和大家携手前进。祝艺术节圆满成功。

附　录

妻子张允和

周有光

张家四姐妹的名气很大,不光在中国,在外国都有很大的影响,前几年美国耶鲁大学的金安平女士撰写了一本《合肥四姊妹》。张家作为一个大家,开始于我老伴张允和的曾祖父张树声,张树声是跟随李鸿章打仗出身的,"张家"与"李家"相并列。李鸿章因母亲去世,清朝大官允许回家守孝三个月,李鸿章回乡丁忧的时候,职务就是由张树声代理的。张树声的官做得很大,任过直隶总督、两广总督、两江总督。所以下一代人也做了很大的官,到第三代张允和的父亲张武龄,生于清朝末年,受了新思想的影响。他知道家里有钱、有地位,但总这样下去不行,就决定离开安徽,到苏州兴办新式教育。1921年他在苏州办乐益女子学校,很成功。他跟蔡元培、蒋梦麟等当时许多有名的教育家结成朋友,帮助他把学校办好。他不接受外界捐款,别人想办法找捐款,他恰恰相反,有捐款也不要。当时有一个笑话,他的本家嘲笑他:"这个人笨得要死,钱不花在自己的儿女身上,花在别人的儿女身上。"其实,他在当时比较先进、开明,他的财产专门用来办教育,他对下一代主张,自己的钱只给儿女教育。

我的老伴兄弟姐妹一共十个,四个女的——"张家四姐妹"受到了当时比较好的教育。不仅是新的大学教育,传统国学的基础也比较好。叶圣陶在我岳父的学校教过书,他讲过一句话:"九如巷张家的四个才女,谁娶了她们都会幸福一辈子。"

九如巷原来在全城的中心,住房跟学校是通的。新中国成立后,苏州政府把原来的房子拆掉,在这个地方建了高楼,成了政府办公的地方。张家住的房子归了公家,现在张允和还有一个弟弟住在那里,原来的房子还剩下从前所谓的"下房",现在就修理修理住了。苏州城中心的一个公园,九如巷在那儿旁边,找到公园就找到九如巷。从前,很近就到公园、图书馆。苏州在我们青年时代河流很多,现在都填掉,变成了路,不好。

有趣味的是,我们家家道中落,她们家家道上升,都跟太平天国有关系。我的曾祖父原来在外地做官,后来回到

1933年，张允和与周有光的结婚照。

常州,很有钱,办纱厂、布厂、当铺,长毛来了,清朝没有一个抵抗长毛的计划,本地军队结合起来抵抗,城里不能跟外面来往了,城里的经费都是我的曾祖父给的。长毛打不进来,就走了,打下南京成立太平天国,隔了两年又来打常州,就打下来了,我的曾祖父投水而死。太平天国灭亡以后,清朝就封他一个官——世袭云骑尉。世袭云骑尉是死了以后要给子孙世袭很多钱。我的祖父在打太平天国的时候在外面,打完就回来,不用做官,每年可以领到很多钱。一直到民国,才没有了。原来的当铺、工场地皮还在,房子大部分被太平军烧掉了,剩下的几年卖一处,花几年,再卖一处,花几年。当时家的架子还很大,我的父亲是教书的,要维持这么大一个家庭当然不行。我父亲后来自己办一个国学馆,收入不是很多,维持一个小家庭可以,维持一个大家庭当然不行。这样子,就穷下来,所以到了我读大学时是最穷的时候,连读大学的学费都拿不出来。

我们两家在苏州,我的妹妹周俊人在乐益女子中学读书。张允和是我妹妹的同学,常常来看我的妹妹,到我家来玩,这样我们就认识了。放假,我们家的兄弟姐妹,他们家的兄弟姐妹常常在一起玩。苏州最好玩的地方就是从阊门到虎丘,近的到虎丘,远的到东山,有很多路,还有河流,可以坐船,可以骑车,可以骑驴,骑驴到虎丘很好玩的,又没有危险。这样子一步一步,没有冲击式的恋爱过程。

我们年轻朋友放假可以在他们学校里面玩,打球很方便,地方比较适中。他们家的风气非常开通,孩子们有孩子们的朋友,上一代有上一代的朋友,在当时是很自由开通的风气,一点没有拘束的样子。我不是一个人去,就是几个人去。

张家四姐妹小时候学昆曲。当时昆曲是最高雅的娱乐,因为过年过节赌钱、喝酒,张武龄不喜欢这一套,觉得还不如让小孩子学昆曲。小孩子开始觉得好玩,后来越来越喜欢昆曲,昆曲的文学引人入胜。昆曲是诗词语言,写得非常好,这对古文进步很有关系。张允和会唱、会演昆曲。后来俞平伯搞《红楼梦》研究被批判,我们1956年从上海来北京,俞平伯建议我们成立北京昆曲研习社。爱好者在一起,在旧社会讲起来是比较高尚的娱乐,增加生活的意义。起初俞平伯做社长,后来“文化大革命”不许搞了,“文革”结束后,俞平伯不肯做社长了,就推张允和做社长。昆曲研习社今天还存在,社长是张允和的学生欧阳启名,她是欧阳中石的女儿。欧阳启名很倒霉,中学毕业了,资产阶级家庭的孩子不许进大学,她只好去修表,"文化大革命"一结束,她由朋友介绍到日本去读了好几年书,回来后在首都师范大学教书。我也算昆曲会的会员,我是不积极的,可是每一次开会我都到,张允和是积极参加研究工作、演出、编辑。我去陪她。

张家姐妹兄弟小时候在家里办一份家庭杂志叫作《水》,亲戚朋友自己看着玩的。这个杂志后来停了,隔了许多年,到了我老伴八十多岁的时候想复刊,也是家里面玩的。复刊了,叶稚珊就在报上写了一篇文章讲这个事情,她说这是天下最小的刊物。她一写,大出版家范用就要看,一看觉得不得了,后来就出《浪花集》。《浪花集》是张允和和张兆和编的,还没有出版就去世了。事情也巧,我的老伴是九十三岁去世,张兆和比她小一岁,第二年也是九十三岁去世了。我给书写了后记。

永远活在我心中的允和二姐

王湜华[①]

我之所以一直叫她二姐，是我一直跟着我六姐汉华这么叫，而至老未改，其实她儿子周晓平还比我大一岁呢。

我叫了她一辈子二姐，她叫了我一辈子小弟，也真的爱护我这小弟一辈子。

我加入北京昆曲研习社很晚，已在浩劫快到来的前夕，不久曲社就自行解散了。前期的曲社，二姐一直任秘书，俞平伯先生任主任。过了漫长的浩劫之后，大家想恢复活动，是二姐出力最多，热情最高，这是大家公认，也是众所周知的。浩劫前平伯先生之所以要自动解散曲社，当然主要是看到破"四旧"的大势不可阻挡，其次年事日高也是原因之一，过了漫长的浩劫，当然更是老了许多。而二

---

① 王湜华，中国艺术研究院红楼梦研究所研究员。曾任北京昆曲研习社秘书。——编者注

姐心中想的是一定要请俞老出山，这样才能将昆曲事业顺顺当当地开展起来。毕竟曲社是俞老一手创办起来的。她想出的"妙计"是，让我来当秘书，所有杂事都可让我去做，好让俞老安心出山。结果六十余人的联名敦请信都呈上了，俞老还是不肯出山，而我这无能的小弟，倒真的当上了秘书。由此更可看出，二姐为了昆曲事业，真是用心良苦。事后我问俞老为什么不出山，回答是他一辈子没干过光担虚名不干实事的事儿。尽管如此，俞老对曲社大大小小的事，始终都是十分关怀的。如此胸怀，谁能及之！

允和二姐多才多能，曲家之外，应是一位史学家，也是一位诗人。《中国历代才女诗歌鉴赏辞典》中还有她长长的词条（见2013—2025页）。她曾任人民教育出版社历史教科书的编辑，办任何事都特别认真，从而养成了遇事手勤笔勤的良好习惯。所以才有《昆曲日记》的问世，为研究昆曲发展史提供了一份不可替代的特殊史料。可惜，没等出版问世，她却早早地去世了。有光先生在她身后，完成了她的遗愿。这是对她最好的纪念之一，也是为昆曲事业的发展，记载了浓墨重彩的一笔。如此热爱昆曲事业，热爱传统文化的文化巨子，世人是永远不会忘记她的，她永远活在我心中。

我的忘年交,作家、编审庞旸,广为收集允和二姐写昆曲的文章、讲话稿、书信等,编了这本书,这是对她一百零五年诞辰的最好纪念。从这些文章里,可以看到允和二姐对昆曲深切的热爱,以及她那幽默开朗的性格。她对发展昆曲事业的一些见解,到现在仍有很深的意义,值得广大曲友和读者们好好去读。

2013年8月21日

张允和老师的昆曲情缘

欧阳启名[1]

张允和老师与昆曲的情缘，来自于她的父亲张吉友老先生的影响。在她十二三岁的时候，父亲就为她和姐姐请了最好的昆曲老师，从此，学唱昆曲、欣赏昆曲、演出昆曲、研究昆曲，一直伴随着张老师，从不间断。1956年8月，俞平伯先生与致力于昆曲事业的同好，发起并成立了北京昆曲研习社，张允和老师担任联络组组长，她曾经与社长俞平伯先生一起，代表研习社出席了1959年10月8日在人民大会堂举行的第一次国宴，她也参加了北京昆曲研习社在1959年国庆献礼演出的第一个节编全本《牡丹亭》的演出。在北京昆曲研习社发掘、继承、创作的昆曲演出中，张老师曾先后饰演过四个丑角，《西厢记·寄柬》中的

---

① 欧阳启名，首都师范大学教授、博导。北京昆曲研习社第四任社长。——编者注

琴童、《金不换·守岁》中的书童、《白兔记·出猎》中的王旺和《风筝误·后亲》中的丑丫头。每逢回忆及此,她都非常得意,用她的话来说:"戏里总要有一个小丑,戏才更有情趣……昆曲中小丑最美。"

然而,"文革"中断了研习社对于昆曲的继承和研究工作。1979年,张老师与周铨庵老师等为了恢复北京昆曲研习社的正常活动四处奔忙,在文化部和北京市文化局的支持下,七十岁高龄的张老师以她高度的凝聚力和组织力,接替俞平伯先生,用柔弱之躯,挑起了北京昆曲研习社的大梁,终于在曲社中断十五年活动之后,恢复了对于昆曲的研习活动。在位期间,为抢救、保存和发展昆曲艺术,恢复、巩固和壮大北京昆曲研习社,张老师付出了极大的热情和精力,可谓呕心沥血、日夜操劳。作为张老师的学生,我亲身经历、亲眼目睹了这一切。张老师常说,继承、研究昆曲不是几年、几十年的事,而是子孙万代的事。因此,每次曲会,她必着紫色衣服,以表子孙万代之意。八年后,张老师毅然将社长的职务,让位给了年轻人。人虽退位,但张老师热爱、关心昆曲事业的责任心不减,时常写信给社委会,提出各种建议。每当新春佳节,张老师必有十个曲谜奉献给曲友,一来祝贺节日,二来报以平安。

20世纪90年代,张老师整理了她有关北京昆曲研习社的日记,包括"文革"前八年的八本和复社后八年的七本,计四十余万字,详细地记录了北京昆曲研习社的兴衰,为研究我国的昆曲事业,提供了珍贵的历史资料。2002年春节,我和郭俊琴女士去看望张老师,她的身体已大不如前,频繁吸氧,但见到我们依旧是那样兴致勃勃,话不停口,说到昆曲被联合国教科文组织列入世界文化遗产之首,她更是激动万分。她说有几个心愿:一愿在2008年奥运会上应该有代表中国文化的昆曲大堆花,由十三支队伍组成:除了12月花神的十二支队伍外,还要有一支儿童的队伍,一来中国的农历中有闰月,二来儿童代表昆曲的未来,寓意昆曲代有新生;二愿北京曲社能够主办一个世界昆曲联谊会,团结世界上各个国家爱好昆曲的曲友们,一道为祖国的、世界的昆曲事业贡献力量;三愿《昆曲日记》早日出版,为研究昆曲的同仁提供一些业余曲社的资料。

2002年8月14日,张老师带着对昆曲的眷恋,满怀着对昆曲未来的希望离开了我们。我送张老师远行,她仍旧着那件紫色的衣服,头发仍旧那么整齐,容貌仍旧那么端庄。2004年,在周有光先生的努力下,《昆曲日记》终于面世,让我们可以告慰张允和老师,告慰关心、爱护、扶持昆曲事业的前辈们。

在张允和老师诞辰一百零五年之际，百花文艺出版社出版张老师的《我与昆曲》，收入张老师关于昆曲的散文、研究文章及其与昆曲有关的讲话稿、书信等，也部分收入了《昆曲日记》。这是迄今为止，关于"张允和与昆曲"最为全面、丰富的一个选本。这本书的出版，可令更多的读者认识张允和老师，认识昆曲，认识为昆曲默默做着不懈努力的前辈们。

2013年8月

编后絮语

庞旸

　　张允和老师四十岁出头的时候,经历了她人生道路上第二次大的变故。

　　第一次是在抗日时期, 她随夫君周有光逃难到重庆。战时条件艰苦,缺医少药,致使她失去了年幼的女儿,还差一点儿失去唯一的儿子。第二次是在"三反五反"运动中,因对历史教学有独到见解而被叶圣陶特调到人民教育出版社编历史教科书的她,竟莫名其妙地成了"老虎"。她急流勇退,自愿"下岗"当了一名家庭妇女。从此,她"没再拿国家一分钱工资。真正成了一个最平凡的人,也是一个最快乐的人"。

　　为什么快乐呢?因为,她从此与昆曲结下了不解之缘。

　　张允和自幼就在父亲的影响下习过昆曲。1952年"下岗"后,她在上海跟昆曲艺人张传芳学昆曲,还与老师一同编写了一系列的身段谱。1956年,俞平伯先生与致力于昆曲事业的同好,在北京发起成立了昆曲研习社,张允和担任联络组组长。从此,学习、欣赏昆曲,排演、研究昆曲,成了张允和生活中最重要的一件事情。曲社在"文革"中一度中断,1979年恢复后,她又接替平伯老担任了曲社社长。她终日忙于曲社事务,孜孜矻矻,乐此不疲,直到2002年以九十三岁的高龄离世。她将后半生,半个世纪的花样年华,都奉献给了无比热爱的昆曲事业。

不仅如此,她还日复一日,年复一年地写下四五十万字的《昆曲日记》。这部后来由她的学生、继任曲社社长欧阳启名整理出版的《昆曲日记》,详细记录了北京昆曲研习社的日常活动,记录了我国文化部门和各剧院团对昆曲事业做出的不懈努力以及海内外曲友对于昆曲的执着追求;同时,还收入了允和老师研究昆曲的论文以及有关昆曲的往来书信等,为我国的昆曲事业留下了一部丰富而翔实的史料,弥足珍贵。

高级知识分子张允和中年被迫"下岗",是不幸的;然而塞翁失马,"允和不幸昆曲幸"。

在我国众多的传统戏曲中,昆曲是最古老、最高雅的一种,被称为"百戏之祖"。因其具有很高的文学性、艺术性,为历代的知识分子所钟爱;但也因其过于风雅,曲高和寡,从18世纪就开始没落,一度濒于失传。正是由于俞平伯、张允和及许许多多像他们一样的热爱者、研习者和传播者的努力,昆曲才得以保留和传承下来。2001年5月18日,中国昆曲艺术被联合国教科文组织宣布列入首批"人类口头和非物质遗产代表作",这标志着昆曲这种古雅优美的中国传统艺术得到了世界公认。从这个角度来看允和老师为振兴昆曲所做的半生努力,不是特别有意义,特别令人景仰吗?

在允和老师诞辰一百零五年之际,百花文艺出版社约我编这样一本书。我虽不大懂昆曲,但对允和老师、对昆曲的兴趣由来已久,欣然应命。这个编事得到一百零八岁高龄的周有光老人、周老与允和老师的儿子周晓平先生、孙女周和庆女士的大力支持和帮助,同时,还有幸请到北京昆曲研习社第三任社长楼宇烈先生、第四任社长欧阳启名女士和曲社秘书王湜华先生写作序、跋。在此,谨向他们表示由衷的感谢!

本书尽可能全地收入了允和老师关于昆曲的散文、论文和书信,及一小部分《昆曲日记》。全书分三部分,各部分基本按写作年月编排,以求帮助读者全方位、多角度地了解允和老师与昆曲的渊源、情感,曲事活动及理论贡献。其中论文和书信多来自《昆曲日记》,这也是我要特别感谢欧阳启名老师的。

2013年8月31日

于北京华严北里